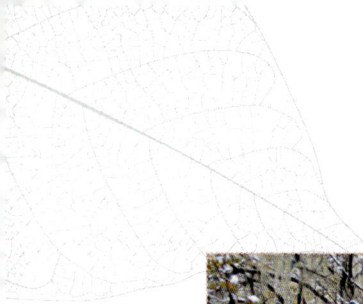

2005/07/02

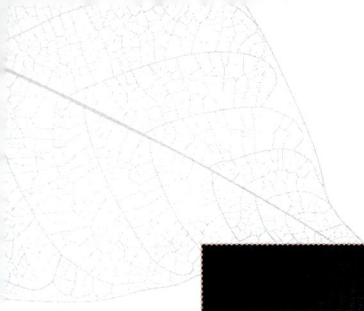

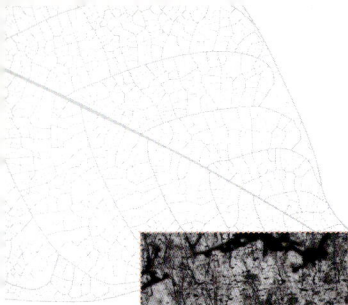

谨以此书献给我的妻子和我可爱的儿子，

我这一生，因你们而完整无憾。

指尖物语

朱世文◎著

知识产权出版社

全国百佳图书出版单位

图书在版编目（CIP）数据

指尖物语 / 朱世文著 . —北京：知识产权出版社，2015.5
ISBN 978-7-5130-3394-7

Ⅰ.①指⋯　Ⅱ.①朱⋯　Ⅲ.①随笔—作品集—中国—当代　Ⅳ.① I267.1

中国版本图书馆 CIP 数据核字（2015）第 053937 号

内容提要

本书作者用朴素、优美的文笔，记录了自己工作、生活中点点滴滴的心路历程，对于亲情、友情、爱情的无限感慨，情感真挚，耗时几年用心写成。全部文章都是在手机上用"印象笔记"的形式完成，使读者能够感同身受，并且在作者的故事当中找到情感上的共鸣。

责任编辑：周　游　　**执行编辑：**牛　闯

指尖物语
ZHIJIAN WUYU

朱世文　著

出版发行：知识产权出版社 有限责任公司	网　　址：http：// www.ipph.cn
	http：// www.laichushu.com
电　　话：010-82004826	
社　　址：北京市海淀区马甸南村 1 号	邮　　编：100088
责编电话：010 — 82000860 转 8532	责编邮箱：zhouyou-1023@163.com
发行电话：010 — 82000860 转 8101 / 8029	发行传真：010 — 82000893 / 82003279
印　　刷：北京中献拓方科技发展有限公司	经　　销：各大网上书店、新华书店及相关专业书店
开　　本：720mm×1000mm　1/16	印　　张：13
版　　次：2015 年 5 月第 1 版	印　　次：2015 年 5 月第 1 次印刷
字　　数：176 千字	定　　价：35.80 元

ISBN 978-7-5130-3394-7

目 录

C O N T E N T S

指尖 物 语

写给我五岁的儿子

一

亲爱的儿子，不知不觉，你就快五岁了，自从有了你，爸爸的生活也随着你而改变。五年来，咱们父子朝夕相处，度过了一段十分幸福美好的时光。人们都说，子女要感谢父母的养育之恩，这当然没错，其实，你给我们的更多，我们更应该感谢的是你，你带给我们的欢乐和幸福，实际上远远超过了我们的付出，让爸爸感到生活是多么的美好，原来付出不求回报的爱竟然是如此的快乐。没有你之前，爸爸不时被孤单和寂寞所折磨，自从有了你，就几乎没有再体会过这种滋味。爸爸上高中的时候，就曾傻傻地想，以后我的孩子是个什么样子呢？是男孩还是女孩？自己有了孩子，那一定挺有意思。现在水落石出，哦！亲爱的，原来就是你这个样子。

你的出生很不平常，那是 2008 年的 5 月，你就快出生了。我们国家发生了汶川大地震，而你就在离汶川不远的成都，还在你妈妈的肚子里，即将来到这个多彩的世界。那天下午，地动山摇，好像世界的末日，爸爸很担心你妈妈和你，电话根本打不通，不知道你们母子是否平安，赶快往家赶，路上根本走不动，平常半个小时的车程，却花了三个多小时，当爸爸看见爷爷、奶奶、妈妈和其他避难的人一道，安然无恙地坐在路边的时候，爸爸一直悬着的心才放下来，心中一阵狂喜，那种感觉真好。接下来的几天，我们一家人像千百万成都人一样，都不敢回家，在路边搭起帐篷睡觉，马路边没有房屋和电线杆的好地方早早地就没有了，又下起了雨，超市里的食品和矿泉水也早就卖完了，我们家只抢了几瓶可乐、橙汁和一些饼干。5月16日，爸爸做了一个重要的决定，带着爷爷、奶奶和即将临盆的你妈妈"逃难"到了重庆，租了一套房子，由爷爷、奶奶照顾你妈妈，安顿好一家人，当天爸爸又回到了成都，因为爸爸那几天工作上好多事情。你还没出生，爸爸就带着你东奔西跑，四处"逃难"，让你受苦了。

做父母的，有时真的不知满足。在你妈妈怀着你的时候，我们最担心的是怕你不健康，生出来缺胳膊少腿的，那怎么得了呀！直到爸爸把你从医院抱回来，仔细检查后，心中的一块石头才算落地；又怕你不聪明，如果智力有问题，那可比缺个手指头什么的还糟糕，现在看来，你聪明活泼得有点儿过头；又希望你长得漂亮，你现在长得越来越帅了，久了不见你的人都这么说，真的，即使你不是我的儿子，我也觉得你长得好看。我也开玩笑地对你妈妈说："哎呀！这下麻烦了，咱们家朱雨长大了，好多女孩子缠着他，这可怎么办呀！"真是老天开眼，每一样都超过了我们的预期。

你的身体，总体来说非常好，五年来就没上过几次医院，就是你成长的过程中，夜晚老是膝盖疼痛。听着你撕心裂肺的哭喊，爸爸和妈妈都很着急，却又束手无策。我们带你去省医院和华西医院都看过，医生说，许多三至八岁的小孩都会有成长痛，没有根治的办法，哎！如果能够代你疼痛，爸爸和妈妈都愿意。

你的名字，如果你不满意，那也没有办法，爸爸就这么一点儿小小的权利，也费了一些心思，既要没有歧义，字又要大部分人都认得，音也要响亮一点儿，还要有一定的寓意，爸爸很喜欢下雨天坐在我们家的阳台上看书，于是，朱雨这两个字，就要和你相伴一生了，说不定这两个字今后会很有名哟！

二

和你在一起的日子是多么的幸福！你是如此的天真，如此的可爱，有时爸爸真的不愿你长大。牵着你柔软细嫩的小手，心里不知多满足、多幸福，这种感觉，为人父母者都应该体会过吧。

你妈妈由于工作特别忙，平常爸爸陪你的时间多些。每到周末，爸爸都喜欢带你去公园玩。浣花溪公园、望江楼公园、人民公园、百花潭公园、桂湖公园、天府广场，成都的公园，几乎都带你玩遍了，尤其是浣花溪公园，离我们家很近，走路十分钟就到了，咱父子俩也不知去过多少次了，浣花溪公园的每一个角落，几乎都留下了咱父子俩的足迹。

爸爸印象最深的是有一次带你去浣花溪公园玩，那是一个初春的上午，刚下过一场春雨，浣花溪里的柳树刚刚吐出新芽，满眼是一片翠绿，到处是盛开的鲜花。整个公园里几乎没什么人，偶尔只有几只白鹭在湖面上轻轻掠过，景色美得让人心醉。你蹦蹦跳跳地走在我的前面，一会儿捡上两片树叶，一会儿踢一颗石子，我也满足地跟在你后面。有时你走远了，或离湖水太近，我就大声叫你两声。我们绕着公园整整走了一圈，一路感受着初春的美景，非常愉快。那天我们玩得很开心，在爸爸心中留下了十分美好的印象。你从小就生活在如此美丽的地方，算你幸运。

你喜欢看动画片《倒霉熊》，看见里面有什么好玩的玩意儿，也老是缠着爸爸要。有一次，你看见倒霉熊用弹弓打鸟，觉得很有意思，就缠着爸爸也给你做一个，爸爸爽快地答应了，这种小玩具，对爸爸来说，只是小菜一碟嘛！

那天晚上，咱们父子俩趁着夜色，带着菜刀，悄悄来到我们家后面的一条小路。爸爸想在路边的树上砍一根"丫"字形的树枝给你做弹弓。每当碰到有人路过，咱们俩就装着什么也没干，那种样子看起来真好笑，看来你也知道砍树不对。好不容易砍了一根像样一点儿的树枝，爸爸不小心把手划破了皮，你心疼得不得了，用小手握着爸爸的手吹气，还一边说："爸爸，还疼吗？"关切之情溢于言表。哦！儿子，爸爸的手尽管有点儿疼，但心里很高兴。

之后，咱们俩高高兴兴地打道回府。爸爸找来橡皮筋，很快就给你做好了一个漂亮的弹弓，你高兴得不得了，还一个劲地谢谢爸爸，你这么小就知道感恩，真是让爸爸感到满足和感动。其实看着你学着倒霉熊打弹弓的样子，爸爸更开心，爸爸愿意为你做任何事情。

今年春节回老家，爸爸带你去附近一个废弃的机场放风筝。2月的风很大，正是放风筝的好时节。你偏偏要了一只老鹰样子的风筝，说是气派。风筝欢快地飞在空中，就像咱们父子欢快的心情。突然，风筝越飞越矮，眼看就要掉下来了，你着急地大声喊道："爸爸快跑，风筝快掉下来了。"咱父子撒腿就跑，你穿得很臃肿，小腿像风车一般转得飞快，风筝慢慢地飞高了，我们才放下心来。你关注的是风筝，爸爸关注的是你。

前些天，你妈妈到深圳出差去了，一去就是大半个月，周末阿姨也回家去了，家里只剩下我和你，忽然有一种咱们父子相依为命的感觉。你很依赖我，像一个小跟班一直跟着我。爸爸带你去人民公园玩，春天的人民公园，景色美不胜收，我们在湖中荡着小船，玩得很开心。有一次爸爸故意躲起来，你找不到爸爸了，哇的一声大哭起来，哄也哄不住，其实爸爸才真的怕失去你，只要有你在，爸爸什么都不怕！

三

你简直就是我们的开心果。

我们家对门，有一个叫久久的小姑娘，比你小一岁，你们经常在一起玩。在她的面前，你俨然以大哥哥的身份自居，有时说出来的话真是让人捧腹。有一次爸爸带你出去骑你的小自行车，在电梯口遇到久久和她妈妈刚回来，久久闹着要和你一块儿玩，她妈妈不想再出去了，我就对久久说："久久，叔叔带你出去玩，你要听叔叔的话哟！"你在一边接着一本正经地对久久说："久久，爸爸和哥哥带你出去玩，你要听我爸爸和哥哥的话哟！"差点儿没有把我和久久妈妈笑翻在地上，当时你才四岁哩！

你三岁多的时候，有一天傍晚，爸爸带你出去散步，路上爸爸问你："小雨，你长大了想当总统，饭桶还是尿桶呀？"你想了一下，尿桶是不能选的，自己尿床时，那味道可不太妙，大概是觉得饭桶里面有一个饭字，应该是一个比较好的桶吧，于是大声回答说："爸爸，我长大了要当饭桶！"爸爸笑得简直直不起腰来。现在，这种小儿科的东西，早就骗不倒你了，你不仅要当总统，还要当黑猫警长，还要当最厉害的如来佛。

去年夏天的一个下午，爸爸带你去游泳，当你下水的时候，感到很冷，身子缩成一团，你突然大声对我说："爸爸，好冷啊！赶快给我加点热水！"我一愣，随即哈哈大笑，原来，每次在家我用洗澡盆给你洗澡的时候，如果水冷了，你就会大叫给你加点热水。不过，儿子，这个洗澡盆太大了，爸爸即使加再多的热水好像也不管用哟！

有一次你对爸爸说："爸爸、妈妈和我第一亲，外公、外婆第二亲，张婆婆第三亲。"爸爸听了很满意，也不知你从哪里学来的，这么复杂的关系也能说得出来，正要给你做进一步的指导，却又听你说："爸爸，那谁第一重呢？"我无语了。

外公生了病，腿脚不方便，很多事情都要其他人帮忙。一次你妈妈给你剪完指甲后问外公要不要剪，外公说不要，你好奇地问你妈妈："妈妈，你爸爸为什么不剪指甲？"你这个小家伙！真是"太乖"了！

现在的幼儿书挺有意思，评价孩子做得好坏的词语真好玩。一天晚上你练习写字，写了一半就想睡觉了，你妈妈对你说："那今天不能得'真棒'，只能得'加油'了哦！"话音刚落，就听见你哇的一声大哭起来，眼泪像珠子一样一颗一颗往下掉："妈妈，妈妈，我要得真棒，我要得真棒！"

还有好多，都在你妈妈的 QQ 空间里，你妈妈对你的成长很用心，耐心地写你的成长日志。

现在，每当在新闻中看到诸如幼儿园老师虐童事件、幼儿拐卖事件、歹徒持刀在幼儿园和小学校园行凶事件，爸爸的心就会很痛，也非常气愤，那些人应该下地狱！以前爸爸体会不到，自从有了你，感同身受，如果是你遭遇这样的事，爸爸会有怎样的反应？你们是那么的天真可爱，手无缚鸡之力，那些人怎么就下得了手？！我也不禁想，你们幼儿园的老师对你好不好？也会打你吗？他们是不是也会使劲地揪你的耳朵？

四

你快五岁了，明年就要上小学了，对你正规的教育即将提上日程。现在，你每天几乎都是睡到自然醒，经常都是倒数第一到幼儿园，但爸爸不在意，你这个年龄，最重要的是营养好，保证充足的睡眠。但小学就不一样了，你得早睡早起，按时上学，你的好日子就快到头了哟！对你的小学成绩，爸爸的要求不高，保持中等水平就可以了，你今后能否赚钱养家，能否在事业上取得一定的成绩，和你在学校的成绩基本上没多大关系，能够开开心心地过一个童年，这才是最重要的。爸爸发现一个有趣的现象，在各个领域做出一定成绩的人，不是那些在学校里成绩特别冒尖的，而是那些成绩普普通通，或者中等偏上的人。当然，也不要太差，因为太差，可能会让老师和同学看不起你，忽略你，会让你感到自卑，慢慢地养成自卑的心理，会给你今后的生活带来阴影，让你做事缩手缩脚，放不开。不过现在看来，这种担心似乎是多余的。你虽然年纪这么小，但却很要强，什么都想争第一，这对你也不是好事，这样你将来会很累。在学习时，不要偏科，各门功课齐头并进，把底子打牢，这对你今后的学习大有益处。爸爸小学成绩很好，玩得也痛快，不足之处就是那时物质条件太差了，还不时因为调皮挨上你爷爷一顿打。

课堂之外，爸爸希望你能培养自己的兴趣爱好，但不要贪多贪杂，有个一两样就可以了，把它们玩精，每一样都达到一定的水准，那样才有意思。爸爸这点做得很不好，对这有兴趣，对那也有兴趣，到头来没有一样真正拿得出手，惭愧得很。具体玩什么，那要看你的兴趣，比如能会一样乐器，水平只要能陶冶情操，表达自己的情感就可以了。爸爸很喜欢音乐，却一样乐器都不会，真是遗憾；又比如会一样运动，达到一定的水准，既锻炼了身体，又结识了许多朋友，走到哪里，你都会少不了朋友，因为你们有共同的爱好，这会让你一生受用不尽。爸爸喜欢打乒乓球，也有一定的水准，对这一点儿体会得尤其深刻。就爸爸的愿望来说，爸爸希望你学钢琴和羽毛球，钢琴使你灵气，羽毛球使你身体强健修长，这两样哪怕是掌握一样也好。当然这只是爸爸的一厢情愿，前提是你有兴趣，不感到厌倦才行。有了兴趣爱好之后，就不要随便更换，今天学这个，明天学那个，到头来你会一事无成，真的，取得一定成绩的人，一个显著特点就是专注。

爸爸特别担心你的青春期，你是一个男孩子，稍不注意就学坏了，要再改过来，那就难了。爸爸上初中时，有一个经常一起玩耍的好朋友，我们常在一起打乒乓球，但在初三时，他突然像变了一个人似的，变成了一个十足的小混混。爸爸不知道什么原因，也没有能力改变他。一天晚自习，他把爸爸叫到操场上，和他一起的还有几个和他一般年纪的少年，他叫爸爸拿钱给他，爸爸稍有反抗，他就重重地给了爸爸一巴掌，爸爸没有办法，只好把身上的钱都给了他们，这件事给爸爸冲击非常大，多少年过去了，爸爸还清清楚楚地记得那天晚上的情景，不知他是否也还记得那天晚上，他对自己好朋友深深的伤害。"子不教，父之过。"如果你真的走到这一步，那是爸爸的错。爸爸会不顾一切地把你拉回来。我们可以对这个社会贡献不大，但我们不能伤害别人，这是爸爸对你的要求的底线。

对你今后的工作，爸爸要求不高，因为爸爸自己也是一个随遇而安的人，将来能有一个普通的工作，平平淡淡，开开心心地过日子，只要不是IT行业就好。爸爸、妈妈都从事IT工作，都是技术员，个中滋味，只有自己体会得到。爸爸并不指望你大富大贵，能靠自己的双手生活就够了。这个世界上有很多贫穷的人，也有很多富有的人，相比而言，爸爸觉得那些富人的烦恼会更多一些，最好的状态，可能是在满足基本生活的情况下，有一定的余钱就可以了，爸爸就是这样理解的。

你的每一点儿进步，爸爸、妈妈都很高兴。你很聪明，骑自行车只学了两次就学会了，第一次是在我们家后面那条街上的一块空地，第二次就在我们小区的地下停车场。爸爸在后面扶着你，慢慢地越来越稳，终于可以放手了。你兴奋得不得了，其实爸爸和你一样高兴，赶快给你妈妈打电话报告战果，她也很高兴。爸爸专门记下了这个重要的日子，2012年11月24日。

五

咱们不是什么圣人，那种全心全意，一切为了别人的境界，咱们还达不到，但一些基本的品质，基本的道德规范还是要有的，诚实、守信、乐观、宽容。保持平和的性格，不要太锋芒毕露，这样别人才愿意和你交往；对别人宽容些，不要太苛刻，学会妥协，你可能得到更多；不要去算计别人，但也要提防别人的算计。爸爸接触过的人，有的个性太强，吃不得一点儿亏，结果有的夫妻俩分道扬镳了，留下可怜的孩子在单亲环境中成长；有的事业很不顺，跟爸爸一个年纪，还在为基本的生活而挣扎。就爸爸看来，其实他们吃的亏更大。真是性格决定命运啊！不要攀比，这样会让你很累，心理失衡，男人喜欢攀比开的什么车呀！在什么单位上班呀！一个月赚多少钱呀，那真的意义不大。爸爸希望你多读点书，比如说历史、散文、传记等，在读书的过程中不知不觉就提高了你的修养和素质。

这七八年来，你妈妈一直在帮助贫困学生，到现在应该有二十多个了吧。每个月四百元钱，尽管不多，咱们家能承受，但对那些需要帮助的人来说，就是雪中送炭，我想她也不是为了出名和虚荣，否则不可能坚持这么多年，帮助这么多人，除了爸爸，连她最亲近的朋友都不知道，那是她善良的天性使然。那种帮助别人后自己得到的强烈的愉悦感，爸爸也有所体会，当然，我们帮助别人并不是要倾囊相授，我们还达不到那种境界，也没有这个必要，在自身条件允许的情况下，给他人力所能及的帮助，按今天社会上很流行的话来说，叫做双赢，爸爸希望你做一个善良的人。

有一次，爸爸带你去浣花溪公园打泡泡枪，路过一家超市，爸爸进去看一下有没有爸爸想要的一本杂志，你一个人在超市里玩。出来之后，由于太冷，爸爸又带你到另一家儿童服装店，想给你买一顶帽子。在爸爸挑选帽子的时候，你却偷偷地跑出去，爸爸发现你行为反常，就跟了出去，发现你正在剥牛奶糖吃，口袋里还有一颗。爸爸一下子就明白了，你趁爸爸在找杂志的时候，偷偷地从超市里拿了两颗糖放在口袋里。爸爸又惊又怒，对你大声地呵斥，还狠狠地打了你一巴掌，你哇的一声大哭起来，爸爸马上领着你回到超市补交了钱，认了错。孩子，你尽管很疼，但是没有办法，爸爸希望你永远记住，那是别人的东西，不能拿。你不是最喜欢黑猫警长，最讨厌一只耳吗？每次你看黑猫警长，都会说："爸爸，爸爸，快看！一只耳又在偷吃玉米了，它的口水都流出来了，黑猫警长赶快来抓它！"你现在的行为就是一只耳的所作所为呀！你现在还小，但一定不会再忘记，这个寒冷冬天的下午，这两颗牛奶糖。

你好任性和固执，想要的东西就一定要得到。一次我和你开车去你妈妈单位接她下班，回来的路上，你突然想起你妈妈单位旁边的麦当劳，吵着要回去买薯条，但已经过去很远了。爸爸说在路上遇到别的麦当劳再给你买，你不依，一路哭闹，直到你哭得筋疲力尽睡着为止，这样的事还不少。孩子，这可不好，这个世界上，很多东西不是你想要就能得到的，有些东西，有些人和事，无论你怎么努力，都无法得到，必须控制自己的欲望，学会等待，学会自制，没有别的办法，爸爸要你一定要记住这一点儿。为了戒掉你这个坏毛病，爸爸也动了不少心思。有时候，爸爸带你出去散步，指着天上的月亮，故意对你说："小雨，爸爸想要天上的月亮，你给爸爸拿下来玩嘛！"你一脸的无奈，说："爸爸，它太高了，我拿不到。"是啊！孩子，你永远拿不到。

六

将来你一定会遇到你喜欢的人，会成家，也会有自己的孩子。对于爱情，爸爸希望你在感情上顺利些，不要单相思，不要伤得太深就好，爱情这东西有时真的让人很无奈，让人迷惑，你却毫无办法，每个人都是这么过来的，多说也是无益，其中的甜蜜和苦涩，你自己慢慢去体会吧。爸爸要告诫你的是，即使两个人不成，也不要反目成仇，不要去伤害人家，潇洒重新来过，你是一个男人，要拿得起，放得下。

特别和你谈一下美女的问题。爱美之心人皆有之，对美的追求是人的天性，美丽的风景，美丽的女人。这个问题和你谈好像很敏感，但它很重要，爸爸还是要对你说，希望你以后不要栽在美丽的女人身上，在这上面栽跟斗的人太多，无论你是富有还是贫穷，伟大还是平凡。漂亮女孩子对一个青年男子摄人心魂的力量，你现在还体会不到，等到你发育了，荷尔蒙会促使你去关注你周边的女子，尤其是那些漂亮的女孩子。那时，你可能会毫无理由地喜欢上一个漂亮的女孩，爸爸的建议是：放手去追，一切随缘。漂亮的女孩子追的人都很多，一般都很骄傲，那种绝美的女人，如果你不足够的优秀，可能还得有点儿机缘，她真的不属于你。把注意力转向别的，毕竟那不是生活的全部，生活还得继续。

七

有一天傍晚，你和小伙伴们一起玩儿，不小心把手指夹在门缝里面，把指甲都夹破了，你痛得要命，哭得很凄惨。你妈妈把你抱在怀里，拍着你，哄着你，爸爸也是又急又气，赶紧给你包扎好。唉！孩子，你现在受伤，爸爸、妈妈可以抱着你，安慰你，但今后你长大了，你所遇到的大多数痛苦，只有靠你自己独自去承受，比起今后你要承受的痛苦，这点痛真的算不了什么。

在你一生中，会遇到多少的困难和挫折啊！学习上的，工作上的，生活上的，感情上的，亲人逝去，高考失利，病痛折磨，找不到工作，单相思……真的不少，没有办法，生活就是这样，不要怕，勇敢些，心平气和地迎接它们，每闯过一道关，越过一道坎，你就会变得越来越坚强，没有这些，对你并不见得是好事。对那种不易克服的困难，爸爸教你一个治疗伤痛的良方，就是时间。当你遇到困难的时候，比如说失恋了，也许当时你是多么的痛苦，多么的难受，想不开，觉得什么都没有意思，天就快塌下来，其实不要紧，真的没什么，把这一段时间挨过去，过一段时间，再回过头来，你才恍然发现，哦！原来真的没有那么严重，不过如此。这真是一个好法子，爸爸一生中遇到的几次巨大的困难，都是这么过来的，然后又对生活燃起了希望。如果真的挨不过去了，孩子，不要怕，回来，爸爸在这里。

好了，就写到这吧。咱们俩有缘，芸芸众生，偏偏让咱俩成为父子。你的生日就快到了，爸爸把这篇文章送给你，作为一件你五岁生日的礼物，当然，你一直想要的"好亮好亮的敞篷车"也是少不了的。你现在还看不懂这篇文章，没有关系，爸爸一定把它保存好，等你长大了再来看，看看你记事前是什么样子，到时，也许你会哑然失笑，同时也许会感受到爸爸对你深深的爱。

放学路上

儿子上小学了，每天下班后，我都要去托管班接他，背着他的书包，满足地牵着他的小手，一路上有说有笑。

"爸爸，给你猜个谜语吧！一个人走路掉进水里了，他的头发却没有被打湿，你知道为什么吗？"

"是水太浅了吧？"

"错！"

"是他戴了一个帽子吧？"

"不对！"

"那他一定围了一块头巾。"

"还是不对！"

"爸爸猜不出来了，你公布答案吧！"

"因为这个人是个光头！"儿子得意扬扬地说。

我们有说有笑地路过了加油站。

"爸爸，你有没有秘密？"

"没有呀！爸爸哪有什么秘密。小雨，你的秘密是什么？"

"告诉你就不灵了。"

"告诉我嘛！爸爸不告诉别人。"

"我的秘密就是长大了当科学家，发明一种药，然后你和妈妈吃了就永远不会变老。爸爸，你的愿望呢？"

我动情地说："爸爸的愿望就是希望你健康快乐地成长，长大了当科学家！"

父子俩继续往前走，到了汽车修理店。

"爸爸，快到电线那里了，你说今天电线上有小鸟吗？"

"应该没有吧？刚下过雨。"

"我猜有。"

儿子说完撒腿就往前跑。

"爸爸！快看！好多小鸟！"

我赶过去一看，横跨马路的电线上果然密密麻麻地挤满了小鸟，比平常的时候还要多。

父子俩就站在电线杆下数起鸟来。"一，二，三，四……"却怎么也数不过来。

"爸爸，我们用弹弓打一只小鸟下来吧，我好想有一只小鸟玩。"

"小鸟爸爸会来追咱们的，就像你被坏人抓走了，爸爸也会去追的！还会和他拼命！而且小鸟爸爸好厉害，他的嘴巴很尖很长，并且很硬，你爸爸这么厉害都不是他的对手。"我在儿子心中是最能干最厉害的爸爸。

"那我把小鸟藏在书包里，小鸟爸爸看不见。"

"他知道的，会飞过来啄你的屁股！"

"那咱们赶快回家，把门和窗户都关起来。"小孩子的想象真是天马行空。

"那小鸟爸爸会很伤心的，就像你被坏人抓走了，爸爸也会很伤心的。"

"那我们就不抓小鸟了吧！"

顺着干净整洁的人行道往前走。

"爸爸，你看那草地里是什么？哇！好漂亮的宝石！"

我一惊，这小子的视力惊人，天蒙蒙黑了，居然还能看见如此细小之物。那只是一个玻璃模样的东西。

"嗯！是好漂亮！"

"你戴着眼镜还看不见吗？爸爸四个眼睛，不！八个眼睛都看不见。"

"爸爸眼睛不好。"我悻悻地说。

"看来咱们俩都有弱点，昨天放学，我们俩去买西瓜，那个大西瓜，我两个手都抱不起来，而你却一只手都举起来了。"

"爸爸的眼睛就是小时候玩平板电脑上的植物大战僵尸玩多了，才把眼睛搞坏的，你以后能不能经常玩平板电脑呀？"我趁势展开了教育。

"那我以后就星期六、星期天才玩吧！你说我乖不乖？这次你要给我记一个好习惯，等到我得了二十个好习惯，你要给我买一个玩具哟！"

"没问题！"

"爸爸，你小时候就有平板电脑呀！"

"……"

来到了大路口，等红灯。

"爸爸，穷光袋是什么意思？"

"不是穷光袋，是穷光蛋，就是这个人很穷，一分钱都没有，穷得连老婆都娶不起，只好打光棍，你要不要当穷光蛋？"

"不要。"

"那你以后要娶什么样的老婆。"

"就娶妈妈这样漂亮的老婆。"

"那你以后想生一个儿子还是女儿呀？"

"儿子。我以后也要接他放学回家，就像你接我一样。爸爸，我是从哪里来的呀？"

"超市打折的时候买的。"我故意说。

"那你再给我买一个妹妹吧！我好想要一个妹妹。"

"都卖完了，没有卖的了。"我赶紧说。

"那以后有卖的赶紧记得买一个哟！"

"好的。现在妈妈回老家看阿公和外婆了，你以后会带你儿子回成都来看我们吗？"

"会的，我最最爱你们了。"

来到文具店了。

"爸爸，秦天说他可以吃一百个包子，他真会吹牛，不！吹大象，吹宇宙！如果吃那么多，早就胀死了。"

我曾开玩笑地对他说，很小的吹是吹小兔子，一般的吹是吹牛，很大的吹是吹大象，但吹宇宙可没教过，这小子，应用得真灵活，还会举一反三。

"他当然吹宇宙啦！"

"他还说：法拉利不是世界上跑得最快的车，连奥拓都跑不过。"

"不要理他，他乱说的。"我曾告诉他，世界上跑得最快的车是法拉利。

"他还说，这个世界上跑得最快的是奥巴马，这是什么马？跑得这么快！"

"哈！哈！哈！"我忍不住大笑起来，想了一下，却实在没办法解释，只好说："这匹马确实跑得快。"

继续往前走，来到了红旗超市。

"爸爸，你是不是很喜欢我？"

"当然了，爸爸最喜欢的人就是你！"

"那你喜欢我还是喜欢涨工资？"

"当然是喜欢你啦！这还用说。"

"是不是别人拿最漂亮的宝石你都舍不得交换？"

"当然了，拿一万颗宝石爸爸也不换。"

"是不是别人用法拉利来换我你也舍不得换？"

"别人拿一万辆一亿辆法拉利爸爸也不换！"我大声地说。

"那拿整个世界呢？"

"整个世界也不换，你就是爸爸的整个世界！"我动情地说。

来到太婆们跳广场舞的地方了。

"小雨，你看见那个卖丁丁糖的老爷爷了吗？又在那里了。你看他这么老了，起码八十岁了，天都快黑了，还在这里卖丁丁糖。他可不可怜呀？"

"可怜。"

"还有，他儿子是个傻子，还生病在床，他还要给儿子买药治病。以前每次都是爸爸拿钱给他，这次你去把这十元钱递给他，他一定会很高兴的，并且会谢谢你。"

"不嘛！爸爸，我怕。"

"不要怕，爸爸就在你背后。"

终于，他第一次主动地把钱递到了那个老爷爷的手上。我从他一直微笑的脸上，看出了他内心的快乐和满足。

"小雨，爸爸以后这么老了怎么办？"

"没关系，我会赚钱养你的。"

拐过一个弯，到家了。一路上满满的全是幸福。

儿子真是幸运啊！从小就生活在富庶美丽的外双楠，浣花溪旁，清水河畔，这里就是他的家乡，待到他将来长大了，无论他在哪里，无论他飞得多远，一定会不时想起这个地方，一定会留下甜蜜美好的回忆，就像我现在一把年纪了，不时还会想起在重庆的边上，一个名叫兴隆街的地方。

也许，最令他难忘的，是他的父亲牵着他的小手，一路上有说有笑，幸福地走在放学回家的路上。

补记：有天晚上从托管班回来，又遇到那个卖丁丁糖的老爷爷。我拿了十元钱给小雨，让他去给老爷爷，但是不要糖，因为每次拿回的糖他都不吃，全都扔掉了。他过去把钱递给老爷爷后，还是主动拿了一袋糖回来。我问他："小雨，你不吃为什么每次还拎一袋回来呀？""因为我拿一袋回来老爷爷就认为是卖给我们的，不认为我们是在可怜他。"我当时惊呆了，儿子小小年纪就知道照顾他人的感受，怪不得秦天和唐浚格都争着说朱雨是他最好的朋友。我自以为施舍了善心，其实我连一个小孩子都不如啊！他年龄这么小心思就如此的缜密，但愿他将来不要生活的太累。

刘　姐

前几天去人行开会，又遇见了刘姐，依旧那么美丽，依旧让人感到亲切，但我还是感觉到了一些生分，没有了当年我们一起共事时的简单自然。我们在一起共事近七年，她应该是我工作十七年以来遇到的最好的同事了，和她共过事的许多人也许都有这种感觉吧。在我的职业生涯中，能够遇到这样的同事，真是一件十分幸运的事。

一

第一次遇见刘姐是在威海，那时我刚参加工作不久，部门经理带我去威海学习新系统。一个身材高挑、容貌美丽、来自其他分公司的女同事，在我们这帮绝大部分都是男性的计算机人员中间格外惹眼，没想到她居然来自成都，这让我感到十分亲切。几天的学习我们也算认识了。我忐忑地向她表露了我想回成都的愿望，希望她能够帮我。她说她回去后向部门经理汇报一下，然后给我回话。后来她回去后果然对部门经理说了，正好她们部门有一个同事辞职去新加坡，我才有机会回到了成都。她可能自己还根本不知道吧，她的热情和善良，她的乐于助人，其实悄悄地改变了我人生的轨迹。没有她的热情相助，也许就是那么几句简短推荐的话吧，我现在会在哪里呢？后来，我一不小心也成了一家公司技术部门的小头目，我在招部门员工的时候，也很用心，不敢轻易草率地决定，因为自己的决定，也许会改变他人的一生。

二

美丽的女人给人的印象，一般都是花瓶、绣花枕头，其他方面都很浅薄，更别说成为技术上的核心了，可刘姐无疑是当时我们技术部门近二十人中的技术核心。说来奇怪，平常也没见她有多努力，但技术就是好，既有大局观，也注重细节。我后来自认为技术不错，但我几乎是把全部的时间和精力都花在了这上面呀！在我们这个行业，技术好的同事是非常受人尊敬的，也是一件十分引以为傲的事。

我们四个人负责维护主机，有多辛苦，当年那些主机维护技术人员应该都有过深刻的体会吧，何况我们只有四个人啊！要学习和掌握的专业知识实在太多了，并且对会计知识还要有深入的理解，这样才能用计算机知识解决会计问题，这一点儿无疑刘姐是我们中做得最好的了。刘姐把我们的主机比喻成一个大玩具，我深以为然，因为我自己也是这么认为的，既辛苦又好玩，并且有强烈的成就感。开始的时候，她在技术上一直带着我，让我的水平突飞猛进，慢慢地我也能独当一面了。说实在的，我在专业上受她的指点颇多，让我现在还心存感激。

刘姐对工作特别认真负责，为了维护好公司的整个计算机系统，我跟着她不知道加了多少班啊！新系统不断，都要在深夜上线，刚上线不久，问题也多。冬天再冷，睡得正沉的时候，突然电话一阵猛响，脑袋嗡的一声，"糟了，批处理又出问题了！"拿起电话一看，果然又是机房值班人员打来的。再难受也只有起来，因为问题不解决，第二天整个成都的网点都开不了门。一多半都是刘姐到现场，一个女人，多难啊！并且深夜还比较危险，我也尽力分担，也感觉累得不行。几年来，我们一起把整个核心系统维护得井井有条，尽管计算机部门在公司只是一个技术支撑部门，不像那些搞业务的部门那么牛，但公司的业务发展也真的有我们，尤其是刘姐的一份功劳啊！

三

　　一个人在他（她）的职业生涯中遇到的同事，真是形形色色。有的孤僻怪异，让你简直没办法交流；有的简单粗暴，但他是领导，你受了委屈却无可奈何；有的极度自私，深怕你在技术上超过他；有的嗲声嗲气，和你的性格差距遥远……遇到合不来的同事，那可真糟糕，因为长年累月在一起相处，心情压抑，这个日子可怎么过呀？当然，运气好时，也能够遇见像刘姐这样总体素质都比较高的同事，但真的太少了。

　　刘姐性格比较柔和，善解人意，工作上基本上也从来不和我们争功，尽管是单位上的技术核心，却一点儿也不锋芒毕露。和她共事几年，基本上没见她生过气，她那与生俱来的气质和亲和力，让人在她面前感到很轻松，一点儿也不拘束，不知不觉都愿意和她交往。这可能源于她良好的家教吧？好像听她说过她父母是电子科技大学的老师。平常她也善于活跃气氛，无形中就让人感到舒服和温暖。

　　我结婚的那天，由于我们夫妻老家都在外地，本来不打算办酒席，刘姐提议我们部门的同事一起来庆祝一下，于是整个部门都行动起来，订餐的订餐，摄像的摄像，买东西的买东西，她还专门买了一大束鲜花教我送给雨妈，说是我买的，我这个大老粗哪知道这个，女人就是细心啊！让我一点儿也不操心。我们整个部门在成都郊区的一个农家乐吃的火锅，大家其乐融融，十分开心。感谢我们部门的领导和同事，尤其是刘姐的精心组织，给我留下了甜蜜美好的回忆，尽管你们把我捉弄得不行。

当然也有观点相左的时候，她有一段时间极力夸外国好，我却不以为然，还有过争论。我们国内的好山好水都看不完，哪里还有时间去看国外的风景哟！国内尽管有许多不如意的地方，但也在不断地进步呀！当然随着时间的推移，我的观点也发生了许多改变。

四

我们的工作尽管很累，但经常充满了欢声笑语，关系十分融洽。

由于工作性质，我们从来没有过过元旦，因为每年的十二月三十一日，我们都要进行年终决算，要忙一整晚，累得精疲力竭，元旦通常都是睡觉休息，如果头天晚上不顺，元旦还得继续。有一年年终决算，那天晚上我负责在主机上操作，刘姐在我旁边看着，防止我出错。后面还有五六个其他部门等着要数据和报表的同事。大概深夜一两点，大家都哈欠连天，十分疲倦。做到清理数据这一步了，我清理了几个不需要的文件，还有好几个没清理，我想赶时间，又怕清理到系统需要的文件，于是打算继续做下一步。刘姐在旁边说："朱哥，再清一个嘛！"我斩钉截铁地说："不清了，清多了危险。万一不小心清错了，那就麻烦了！""哎呀！再清一个嘛！没事的。""不清了！我说不清了就不清了！"来来回回清了好几遍，却最终没清，只听到后面一阵狂笑。一屋子人的疲倦和睡意一下子一扫而光。我半天才反应过来，也忍不住哈哈大笑起来。

还有一次也挺好玩。一天中午吃过饭，我和刘姐一起聊天，她那时对车很有兴趣，可能是她家里要买车了吧。刘姐说："我们公司的总经理到南京去开会，下飞机后是乘坐的凯迪拉克去当地的分公司的。"我当时真的孤陋寡闻，根本没听过这种车，车离我实在太遥远了。因此对车一点儿也没有兴趣，也不关注，平时也只听说过奔驰和宝马之类。心想："卡的拉客，这是什么车？"心里想着，嘴巴上却说出来了："卡的拉克，这是什么车？机场还有卡车当的士拉客的吗？"刘姐一愣，随即笑翻了天，一边笑还一边说我装，我尴尬地笑笑，说自己真的不知道，这自然成了我们部门的经典笑话。现在每次我在大街上看到这种型号的车，就会一下子想起"卡的拉客"的故事来，不禁微微一笑，有意思。

五

天下没有不散的宴席，再好听的音乐也有曲终人散的时候。有一天，她突然说她要出国了，我们都很惊讶，也很舍不得她，但出国一直都是她的梦想，况且她的孩子一直在国外念书，她想去照顾他。真是呀！无论你多能干，多美丽，作为一个母亲，都是一样的。她在我们所有同事中人缘都特别好，公司领导说欢迎她随时回来。

她临走时，我忍痛将我珍藏的一套中国山水画册送给她，希望她在国外寂寞时可以随手翻翻，不要忘记中国的样子。

不久，我也因为个人原因，离开了工作近十年的公司。之后是杳无音信的六年，掐指一算，她儿子也该上大学了吧？她在国外这几年，不知道过得开不开心，经济上是不是紧张，应该长了不少见识，可能也吃了些苦头吧？也可能是另一番天地。人都需要一些不同的经历，如果从头到尾一直波澜不惊，像一潭死水，那多无趣。有一天，突然听以前的一个老同事说，刘姐回国了，并且做了原来公司技术部门的经理，我内心不禁一下子闪过一种久违的亲切感，真为她感到高兴呀！

老天要奖赏一个女人，就会把美丽、智慧、温柔、善良、热情中的一项或几项给她；老天要惩罚一个女人，最好的方式，就是让她变得丑陋、愚蠢、自私和粗鲁；造物主真是不公啊！把这么多的美好全都一股脑儿地给了她。感谢在我漫长的职业生涯中能够遇到这么好的同事，同时也是我的校友兼师姐，让我有幸和她共事这么多年，她对工作的严谨和认真，对待他人的善意与真诚，一直潜移默化地影响着我，让我工作这么多年来一直不知不觉地模仿，女性美好的品德在她的身上得到了集中体现，只可惜没有机会和她一起共事了，我只能祝她好运。

我的文章，希望她能看到。

车的故事

一

我曾经的一个梦想就是买一辆奥拓，二手奥拓，不要以为我是在说笑，这是真的，千真万确，成都以前满大街都是奥拓，保守点估计，拥有量也应该在 30% 以上吧，连我们部门经理张总开的也是一辆奥拓，如果我要开一辆崭新的奥拓上路，你说是不是有点儿过分？

但情况很快有变，不仅是崭新的车，而且是比奥拓高出一个档次的千里马，那是因为销售千里马的这家公司与我们公司有业务上的合作，我们单位的员工购车，可以优惠七千五百元，这下便宜占大了。我一咬牙，那就一步到位吧！省得过几年如果我"发达"了，又得琢磨着换车。

开着车洋洋洒洒上路了，那天正好是一个朋友的婚礼，我们提了车后就直奔婚礼现场。车上坐满了五个好朋友，但司机不是我，因为我还没有驾照。第一次坐在自己的车上，那种快乐的心情，有车的朋友应该都体会过吧，何况还有几个捧场的好朋友。大家兴高采烈，一路上欢声笑语，不时朋友们还恭维我两句，听得我心花怒放。突然，我猛然发现前面有一个大坑，"兵哥，小心，大坑！"我着急地大喊，但为时已晚，只听得砰的一声巨响，底盘重重地刮在地上，我心疼得不得了，平常听兵哥吹得天花乱坠，说他技术是如何如何的过硬，原来不过如此！他一脸的歉意："哦！朱哥，不好意思，我真的没看见。"哎！我们几个坐车的都看见了，司机居然没看见！

之后，我每天下班的第一件事，就是先到地下停车场，坐在车里转两下方向盘，搬动两下离合，过一下干瘾。当我历经千辛万苦拿到驾照的时候，已经是五个月后的事了，就在那时，这款车降价了，刚好整整一万元！

二

时间晃悠悠地过了七年，我曾经引以为豪的座驾早已残破不堪。曾经我只要看到车上有一丁点灰尘就会马上把它擦得乌黑发亮，现在即使脏得满是灰尘也懒得去管它。汽车慢慢普及了，身边刚工作没两年的小青年也开上了小汽车，我也有了换车的打算。其实，我早就看上了一款车，但太高调了，我一直是一个低调的人，况且我买它也有一定的难度，心中一直挣扎。管它哩，高调就高调，管别人怎么说哩！我就是喜欢它，"非它不娶"！奥迪 A4L 就奥迪 A4L，就是它了！不过从千里马一下子飞跃到奥迪，这个跨度是不是大了点？

取车那天，第一眼看到它，多么兴奋啊！心想：亲爱的，你以后会天天陪着我的。开着车回家，把车窗摇下来，让风吹着我的脸，多么惬意啊！天有不测风云，下起了大雨。突然仪表盘一下全灭了，加不了油，车慢慢停了下来，我吓了一大跳，不会刚买来的新车就坏了吧！我对新的仪表盘全然不熟，根本不知问题出在哪里，关键是这会儿车停在大路的中央，相当的危险。我赶快把应急灯打起来，下了车，站在路边，给我的销售小向打电话。"朱哥，一定是没有油了，不好意思，我马上给你提桶油来！你在哪里？"

我在风雨中，任凭雨水打着我的脸，浑身早已湿透，却顾不过来，看着来来往往的车辆呼啸而过，心中焦急万分，我担心的是万一有的车不小心，把我的新车撞了，那可怎么得了啊！盼星星盼月亮，小向终于来了，我简直像见到了一个大救星。加好油，车果然又可以上路了，但我湿漉漉地坐在车里，真的很别扭，很不舒服，此时的心境，也早已和先前不可同日而语了。

当天晚上，夜深了，我和老婆依旧很兴奋，我们家有奥迪车了，梦中的奥拓变成了实实在在的奥迪，真的好像在做梦呀！想当年，我考上大学，还差点儿由于交不起学费出去打工，这个转折实在太大，我暂时还没适应过来。

大概晚上十二点半，我和老婆都睡不着觉，我提议："老婆，要不你也下去过把瘾，我在副驾上看着你，应该没问题的，我们去三环路上逛一圈。"老婆欣然同意，匆匆下楼，来到车库，上车、打火、转弯，嗤……只听一阵凄厉的摩擦声，我们俩都吓了一大跳。糟了！出事了！"快停车！"我大声吼道。车在离原始位置不到两米的地方停下，我跳下车一看，车的右下侧，一条又长又深的口子，旁边是隔壁车位一个"丫"字形的锁（防止别人占用车位），我的车正好刮在"丫"字形锁的左上角。我正想骂老婆怎么开车的，却见她也是铁青着脸，看样子也不好过。算了吧，大家心情都不好，不出去兜风了，回家。我们一言不发，垂头丧气，灰溜溜地回到家，睡觉吧！明天去修车！

三

几年前，我换了工作，来到了现在这家公司。那是一个隆冬的傍晚，天气冷得要命，正是华灯初上的时候，我下班回家，那天我的车拿去保养了，只好赶公交车回家。看着拥挤的公交车，我早已气馁。我已不是原来的我，想当年，每次挤上公交车，用不了多久，我还能有位置坐。打的吗？还是不要指望，尤其是在下班的时候。成都这个地方，打的应该改名叫"抢的"，我还比较矜持。总不能走路回家吧，那可是将近八公里的路呀！

在寒风中站了将近半个小时，在我快绝望的时候，突然看见不远处一辆人力三轮车，缓缓向我开过来，居然没人坐，我不假思索地冲了过去。和师傅讲好了价，到我家门口十五元，然后四平八稳地坐上车，回家！那感觉真好！但没过多久，我就发觉苗头不对，一阵阵寒风迎面袭来，冻得我直哆嗦！哦！怪不得没人和我抢，原来是这样的！走了不到两公里，才到武侯祠，我就再也忍不住了，跟师傅说："师傅，麻烦停一下，太冷了，让我来骑一会儿好吗？"师傅相当诧异，可能他还从来没有遇到过这种意外情况，说："老板，那怎么好意思！"但经不过我再三请求，就同意了，末了加上一句："老板，如果你累了就换我来哈！"我飞快地骑上车，师傅拘束地上了后座，我们继续前行。那三轮车和普通的自行车很不一样，老是往一边偏，刹车也不太灵敏，但不一会儿，我就驾轻就熟了。穿梭在成都的大街小巷上，我突然感觉成都的街景是那么美，人们的表情都那么友善。

一路上我们聊着天，甚是愉快，不知不觉就到我们小区的大门口了，我热得浑身直冒汗，但却希望再多骑一会儿。下了车，我从钱包里拿出二十元钱递给他，头脑一发热，忽然生出一股豪气，"师傅，不用找了。""大哥，这怎么好意思？""不存在，这么冷的天，你们也挺辛苦的。"就这样，我出钱，骑着三轮车，把师傅拉到了我家门口。

生活就是这样，有欢乐，也有烦恼，有甜蜜，也有苦涩，不是吗？那些当时你觉得苦不堪言的事，待你回过头来，却发现原来充满了乐趣，恰好是对我们平淡枯燥生活最好的点缀，回想起来，不禁让人莞尔一笑。

阳 台

一

　　我家的阳台不大，七八平方米吧，但我却最喜欢这里。我在这不大的地方，开辟了一块一米见方的花台。我买来种子，培好土，播上种，有牵牛花、虞美人和波斯菊，在它们当中，我最喜欢的要算牵牛花了。我在年少的时候曾经栽种过牵牛花，这次我又满怀希望地种上它，就是为了重温少年时的旧梦，算来已经二十多年了。每天早上我都去看它们，给它们浇水，精心呵护，看着芽儿一点儿一点儿地冒出来，慢慢地长成小嫩苗，我心中也升起了希望。

　　一天早上，我像往常一样，起床后的第一件事就是去阳台上看花。牵牛花应该又长高了一点儿吧。突然，我惊呆了，天啦！我的牵牛花居然从根部连根折断，虞美人的幼苗也全部被翻了起来！是谁这么做的？我正要大声地质问，但转念一想，家里人不可能这么做的，除了老鼠，还能有谁呢？这正是老鼠的痕迹，天杀的老鼠，我恨得直咬牙，但却无可奈何。我只好重新播种，将花台放在老鼠够不到的桌子上。慢慢地，又长出了幼苗，我心中又升起了希望。

牵牛花渐渐长高了，我找来一根一米多长的竹竿，立在它的旁边，牵牛花新的枝叶就顺着竹竿慢慢往上爬，每一天大概就爬一圈，两三厘米高，蛮有意思的。慢慢地，快爬到竹竿的顶了，我着急起来，爬到顶了该怎么办呢？我只好把它移到阳台的一个角落，让它顺着阳台顶棚的支撑杆往上爬，这下我算是高枕无忧了。

人的一生中，总是不如意的事居多，欢乐是那么的短暂和珍贵。牵牛花开花那一天，无疑给了我莫大的欢乐。那天早上，我正准备给牵牛花浇水，突然，我一呆，啊！牵牛花开了！我情不自禁地一声轻呼。就一朵，只见它纤纤弱弱的样子，婷婷立在枝头，真的像一个小喇叭，好美！久违了！牵牛花！看着绽放的牵牛花，我的心中除了快乐还是快乐。

自己辛勤的劳动，终于结出了果实，那种成功的喜悦，只有付出努力的人才能体会到。

以后，我每天早上起床的第一件事，就是去阳台上看牵牛花，数一数今天开了几朵。有一天早晨，我一起床，就急急匆匆地去看我的牵牛花，哇！开了四朵！花枝招展地立在枝头，随着清晨的微风轻轻摆动，好像在和我打招呼，我赶紧找来照相机，拍下了它们动人的模样，把它们最美的时刻留住。每朵牵牛花开放的时间都很短，一般从早上六七点开放，到上午十点多就慢慢凋谢了，就三四个小时吧！但是没有关系，我已经记住了你们最美时的模样。不过，整个牵牛花的花期却很长，差不多两个月，这是一个别致的夏天，我知道是因为有你陪我。

二

儿子一岁时，正在学走路。有一天我带他到阳台上玩，我故意将他放在阳台的中央，然后后退几步，伸出双手，鼓励他走过来，儿子哇的一声哭出来，无助地看着我，伸出双手要我去抱他，看我无动于衷，最后他不得不一颠一颠地走过来，一下扑到我的怀里。我一阵惊喜，紧紧地搂着儿子，在他胖乎乎的小脸上亲吻。接下来的几天，儿子都在阳台上学走路，走上几步，就满意地在阳台的石栏下面坐上一会儿，然后得意扬扬地看着我，希望得到我的表扬，我赶紧大声地拍手，然后竖起大拇指，也并排着和他一起坐在石栏上，一大一小，其乐融融，还有比这更幸福的事吗？

现在，儿子四岁多了，早就健步如飞，小小的阳台也已容不下他，等他长大了，他是否知道，他人生的第一步起始于家里的阳台？

三

我家很小，只有两室一厅，没有书房。于是，阳台自然而然就成了我的书房。

我很喜欢看书，喜欢体会文字的乐趣，相信和我一般爱好的朋友会有相同的感受，这可能是我诸多爱好中最大的爱好了。没事的时候，我就会搬一张小桌子和一把竹椅子到阳台上，泡上一杯清茶，桌上放上几本书，或是一本传记，或是一本画册，甚至是一本专业书，那都没有关系，我都不介意，只要坐下来品尝就好，一坐就是一下午。尤其是下雨天，让滴滴答答的雨声作为我看书的背景音乐，那是多么惬意的享受啊！

我最喜欢传记，品味着主人公跌宕起伏的人生，或悲惨，或欢乐，或平淡，或离奇，自己的心境也随着主人公的境遇起伏，周围的一切，都融入小小阳台上的我。

四

一个星期六的上午，我正在客厅看电视，忽然听见阳台上一声巨响，我吓了一大跳，赶紧去看发生了什么事。不知什么东西从上面掉下来，把阳台上的遮雨棚砸了一个大洞，阳台上一片狼藉。我很生气，正要发火，只听得有人敲门，开门一看，是楼上的女主人，一脸的歉意。她不好意思地向我道歉，说是她女儿在上面玩，不小心掉下来一个杯子，正好把我家的阳台顶棚砸坏了，她说她马上请人来帮我们修。我铁青着脸，一言不发，我早就对他们楼上不满了。除了这次，平常他们有时也在楼上弄得稀里哗啦的，让人不得安宁。但人家态度好得出奇，我也不好再说什么。果然，她去请了一个师傅，用万能胶把洞口补上了，尽管难看一点儿，好歹不漏雨。

过了一段时间，有一天我正在阳台上看书，听到有人敲门，开门一看，却是我家楼下的男主人。只见他一脸的不爽，说我们家卫生间漏水，滴滴答答地漏了一地，味道很不妙。看着他一脸的怒容，我满脸堆欢，连声地说抱歉，并且保证尽快修好。当天下午，我就去请了上次修我家阳台顶棚的师傅，来帮我们修好了卫生间地板的破裂处。这不禁使我想起了上次我们楼上的女主人，我此时的处境，正好如她，而他，正好如当时的我。我们还不是有时在楼上弄得哗哗作响，又何尝体会过别人的感受呢？

常言说："己所不欲，勿施于人。"我们老是对别人要求得那么多，可是自己却做得不怎么样，别人很小的缺点都看得清清楚楚，明明白白，自己再大的缺点也视若不见，我们难道不该好好反省一下自己吗？

日子如水一般地过，不知不觉，我在这里已经住了快十年，我也年近不惑。人是有感情的，我对我家、我们的小区、我们小区周边的环境都很有感情，当然，最令我不舍的，还是我家的阳台。我想，我还会在这里一直住下去的，没事的时候，我还会坐在阳台上看书，还会站在阳台上看风景，一直到老。

兴隆街

有时候会有人问我，你的老家在哪里？我通常都会说重庆，问者一般都会说："哦，那是一个繁华的大都市，很不错的。"我不禁很惭愧，其实我对重庆一点儿都不熟，我只是偶尔路过市区，即使去市区，也最多待过一两天，我真正来自重庆辖属的一座偏僻的小县城，其实县城都不算，我来自这座县城边上一条名叫兴隆街的小街，我从六岁到十七岁都住在这条街上，这期间我从没出过远门，更没有到过一百多公里外的重庆市区，那里对我来说太遥远，在我内心深处，这条街其实一点儿也不兴隆，相反却很破破烂烂的小街，才是我真正意义上的故乡，我童年和少年时代的欢乐和痛苦，都留在这条街上。

一

我的童年和少年，基本上是和贫困二字连在一起的。

我们家兄弟姊妹多，家里又穷，平常一顿饭只有一两个菜，又要先保证父亲这个家里的主劳力吃饱，我们兄弟姊妹根本就不够吃，基本上是抢着吃，转眼就吃光了。母亲经常只吃咸菜，我有时候居然问她："妈妈，你怎么不吃菜呢？"她说她不喜欢吃，我真是年少无知，居然信了，只是心里感觉怪怪的。我懂事以后回想起来，感到多么的羞愧啊！我亲爱的母亲，她怎么能够和自己的孩子抢菜吃呢！

那时候，肉对于我们家来说，是一件绝对的奢侈品，平常母亲要大半个月才能去割一点儿猪肉回来给全家打牙祭，也是肥肉居多，鸡鸭鱼肉平常根本见不到影子，只有过年过节才见得到一回。过年的时候，母亲会多割几斤肉，但主要是待客，然后尽量多弄点花样，装在一个大洗脸盆里，锁在我们老家现在还在使用的那个酱色的立柜里，因为我们这些孩子嘴馋，如果被我们偷吃了，她拿什么去招待那些来我们家拜年的亲戚朋友呢？不过防不胜防，我和哥哥还是能够想方设法偷吃到。

记得有一年秋天，刚打过谷子，傍晚时分，我们一些小伙伴在生产队的一块公共的水泥地上玩。其中一个小伙伴端着饭碗在一旁吃饭，他碗里居然有好多肉丝，让我们这些小伙伴们不禁口水直流，我们都央求他分给我们一点儿肉丝，他很慷慨，居然同意了。吃在嘴里，我们觉得味道好极了，也很羡慕他们家，居然有肉吃。回到家，我告诉了母亲，母亲的眼睛湿润了，但她严厉地告诉我不许再吃他们家的肉，我当时还很茫然，后来才知道，那个小伙伴的父亲隔一段时间就要到县城里的一家餐馆去挑潲水，回家后把水滤干，得到一点儿肉给嘴馋的孩子们吃。这件事对我的震动很大，直到现在我还记忆犹新，我那贫穷而又可怜的乡亲们啊！

这就是我幼年关于肉的记忆。

不知什么时候，我们家附近搬来一个年轻的女人，孤身带着一个尚在褴褛中的孩子，开了一家副食店，卖一些烟酒、挂面、酱油、白糖之类。有一天，我们突然听到她一个人在她店门口号啕大哭，一边哭一边责怪自己，街坊邻居都去劝她，好一阵子才搞清楚原因，原来是一个路人买了一包烟，她找钱时看错了钱，不小心多找了那个人十元钱，过了好长一段时间才发现，但那个买烟的人早就不见了，她心痛得不得了，忍不住大哭起来。是啊！十元钱在那个年代，对于她这个小本经营的单亲妈妈，真是一个不小的数目，可能是她好多天的利润。那天她仰天痛哭的情景，让我终生难忘。

小时候，如果母亲给我缝了一件新衣服，那简直比过年还高兴。我们家兄弟姊妹多，衣服一般都是大的穿过了再留给小的，我平常都是捡哥哥穿过的衣服，我记得好几年冬天我只有一件棉衣，好像还是哥哥穿过留给我的。

有一天早上，他居然把我的棉衣和裤子全都藏了起来，自己洋洋洒洒上学去了，我始终找不到，而当时我只有这一身冬衣，没有办法，只好整整一天待在家里。等到他下午放学回家，我才终于发现他把我的衣服藏在一个大钵子里，我根本就没想过那个地方，因为里面放的是一点儿过年吃剩下的腊肉，上面铺了一层报纸，我的棉衣就放在报纸上，然后盖上原来的盖子。快三十年过去了，我们兄弟相聚的时候，我偶尔笑着对哥哥提起这件事，他一脸的歉然。

说来很奇怪，小时候我和哥哥的关系并不好，不时为了争抢东西而闹得不可开交。但长大之后，我们俩却是我们五个兄弟姊妹中最要好的，那是从内心里的好：他是我的兄弟。前一段时间，我买了一部最新款的iPhone5手机，偷偷地给他寄了过去，想着他收到手机后开心的样子，我就很高兴，他快乐，我也很快乐。

我们家的亲戚，姑姑、舅舅、姨娘等，大都住在县城里，在当时，对我这个从没出过远门的小孩子来说，那就是世上最好的地方，简直就像天堂一样。我们只有在过年时母亲才带我们到县城里的亲戚家去拜年，那时我是多么羡慕他们啊！并且梦想，如果自己也能成为一个城里人就好了，像他们一样，有肉吃，有新衣服穿。只怪自己幼时的目标太低，现在这些东西都加倍的变成了现实，并且我和我的孩子都成了成都人。

我小时候从来没有零花钱，自己的零花钱都靠自己去挣。印象深刻的是小学三年级的时候，我和哥哥一起去捡杏子骨卖，顺便还捡一些饮料瓶子。整整两个月，我们俩捡了一大洗脸盆，然后用锤子把杏子骨锤破，得到里面的杏仁，最后得到满满一大洋瓷碗，我们俩高高兴兴地来到县城一家收杏仁的药店，居然卖了四块五角钱，我分得了两元钱，这对我来说是一笔巨资，我用这笔来之不易的钱，加上自己平时节攒下来的钱，买了我生平第一副海绵球拍，那是我渴望已久的东西，当时真是快乐无比，觉得这几个月的辛苦真的很值得，我在那一年用这副球拍获得了我们公社小学乒乓球比赛的冠军。

还有就是卖凉水和凉茶。遇到赶集的时候，我们就在路边摆一张小桌子，旁边是一个水桶，里面是加了糖精（不是白糖，白糖太贵）的甜水，水桶旁边是一个装满老鹰茶的茶壶。桌子上面摆几个玻璃杯，倒满糖水和凉茶，然后盖上一块小的玻璃片，凉水每杯一分钱，凉茶每杯两分。赶集的人走累了，渴了，就会来喝水，有钱的会喝一杯凉茶，没钱的会喝一杯凉水。生意有好有坏，我记得最多的一次卖了一角七分。

还有好多关于贫穷的记忆，比如酱油饭，比如自己带米到学校蒸饭，比如几毛的压岁钱等，我就不详加叙述了，这些对现在这些孩子可能不可思议，但它的的确确伴随了我整个童年。

当然，除了贫困，其他方面都非常不错，我过得真的很快乐。

二

我们的小学大致坐落在这条街的中央，我在这里度过了六年的小学时光。

我小学时成绩很好，但好像从来没有得过第一名，一般都是在二三名徘徊。自己似乎也没花多大力气，也不太在乎，胸中也没什么大志，因为那时的主要精力都用在玩上了。

教我们数学的赵老师，四十多岁年纪，已经教了二十多年书，特别认真负责，在全校老师中很有威望，她特别喜欢我，可能是我有一些小聪明的缘故吧。

有一次她在课堂上布置了一道很难的数学题，结果全班只有我一个人做出来，我得意扬扬地走上讲台，在黑板上洋洋洒洒地书写出了解题过程和答案，赵老师的表扬，同学们的崇拜，让我飘然欲仙。其实，这道题如果放到现在，只不过是一道普普通通的小学奥数题罢了。

但我也有让她特别生气的时候。每次暑假，我都是耍得昏天黑地，临到要开学了，才发现还有好多暑假作业没做，特别犯愁。那次大概是小学五年级的时候，暑假的最后几天，我的厚厚一本暑假作业还没打开，还有好多老师布置的其他作业，如多少篇日记，多少篇毛笔字等。要认认真真做完已经来不及了，我只好胡乱地写了一些答案，但心里一直忐忑，因为我知道赵老师特别信任我，经常把我的作业和试卷拿来当作标准答案给全班讲解。但心中担心什么就来什么，开学后，一次课堂上讲解暑假作业，她果然又把我的暑假作业拿来当作标准答案讲解，结果却发现我的作业简直文不对题，气得她把我叫到讲台上一顿臭骂，还叫我请了家长，我母亲不得不到学校来报道，弄得我颜面扫地，但我自作自受，又能怪谁呢？

何老师是我们的班主任，教我们语文，她也很喜欢我，一直把我当作重点培养对象，希望我能够考上县里面最好的重点中学，为她和我们学校争光。我小时候很喜欢写作文，不为别的，只因为何老师经常把我的作文当作范文在班上朗读，让我的虚荣心得到了极大的满足。比较有印象的是一次写我生病后感受的作文，一次写家乡的作文，一次写理想的作文，都让何老师很欣赏。

但有一次作为范文却很特别，让我印象深刻。六年级末，小学快毕业的时候，那时学习很紧张，而我却怎么也紧张不起来，还是要性极大。当时同学们之间流行一个比较好玩的游戏，就是把三国演义和西游记连环画上的图像剪下来，然后用嘴吹图像来相互比赛，如果武器戳中对方就算赢了。一次下午自习课，我和后面座位的同学偷偷地玩起来，结果被何老师发现了，她警告了我们，然后就出去了，我以为她不会再回来了，又和那个同学玩起来，没想到过了一会儿何老师又进来检查，看见我们还在玩，她一下子生气得不得了，狠狠地骂了我们，结果我又被罚请家长，我母亲又不得不来学校报道。那一天正好照小学毕业照，我和母亲接受完批评的时候，同学们已经整整齐齐地在操场上坐好了，我只好站在最边的一个位置，脸上还带着一丝泪花拍照。事情还没有结束，还要写检查，要当着全班同学念。我诚诚恳恳地写了四大页，结果其他班上的老师们觉得写得很好，居然作为写作范文在全校朗读，弄得我尴尬无比。

现在想起来，不禁莞尔，我幼时的师长们，真是对不起了，我年少顽劣，不懂事，让你们费心了。你们应该都和我母亲一个年纪了吧，你们一定要健康长寿。

小学时还有一件事情也特别有趣。大概是五年级的时候，有一天中午回家吃午饭，之后就在家里睡午觉。待到一觉醒来的时候，已经快下午五点了，正好是学校快要放学的时间。我大吃一惊，急忙往学校跑。那时旷课是一件特别严重的事，何况是整整一个下午。到了教室门口，见门是关着的，听见里面何老师的声音："好了，就这样，放学了。"然后就听见里面稀里哗啦地把板凳放在桌子上的声音（以便值日生做扫除）。我鼓起勇气，推开门，怯生生地站在门口，叫了声："何老师。"大家齐刷刷的目光一起向我射来，让我真是无地自容。何老师关切地问："怎么啦？生病了吗？"我羞愧地说："何老师，对不起，我午觉睡晚了。"只听见全班同学一阵哄堂大笑，我尴尬极了，简直想钻到地底下去。是呀！我也真是彻底，睡午觉一下子睡到下午刚好下课（真是刚刚好）！没想到何老师想了一下，对大家说："尽管朱世文现在才来，但是他很诚实，这一点儿值得大家学习。"听了何老师这句话，我才如释重负。谢谢你，何老师，你善解人意的一句话轻轻地化解了一个孩子心中巨大的担忧，让我这么多年过去了，记忆还如此的深刻。

三

我有幸生活在这条街上，周围全是一望无垠的田野，让我从小就和大自然亲密地接触。那是怎样一幅美丽的画面啊！夕阳西下，把大地染成一片金黄，四季豆熟了，沉沉地挂在枝头，玉米饱满，骄傲地耸立着，红红的辣椒低垂在枝头上，偶尔几只鸟雀轻轻飞过。附近是一个小小的荷塘，清晨的时候，荷叶上还带着露珠，蜻蜓们好像也没睡醒似的，不太敏捷，这是最容易捕捉到它们的时候。一条蜿蜒的小河缓缓流过，河的对岸不远处就是我们的学校，周围很静，只有一个少年轻轻地漫步在河边的小路上。这就是从小生我养我的地方，贫穷而又美丽。

我们家后面有一条小河，沿着这条街蜿蜒而下，那是我们儿时的乐园。我记得那时河水很清，很干净，人们在河水中淘米、洗菜、洗衣服，河边高处，就是一口水井，我们的饮用水基本上都来自这里。夏天来了，我和小伙伴们在河中摸鱼、打水仗、洗澡，说不出的快乐。但父母都不允许我们在河中洗澡，说是危险，因为几乎每年都有小孩出事，我们只好偷偷地在河中洗澡。记得小学三年级的时候，有一个夏天的中午，我们四五个小伙伴不睡午觉（学校规定要午睡），从学校偷偷地溜出来，大家兴高采烈地来到窑罐滩，迫不及待地脱掉衣服，跳入水中，好舒服啊！大家正玩得高兴，突然，有人大声喊道："朱世文，你妈来了！"简直如雷轰顶！我根本没想到母亲会从她上班的副食店来抓我。我抬头一看，母亲正气势汹汹地向我们跑来，手上还拿着一根树枝，马上就要"杀"到我们面前。我大吃一惊，想上岸穿好衣服再逃走，但已经来不及了，只好赤身裸体地撒腿就跑，母亲在后面猛追，不知不觉地跑到了街上，引得路人好奇地观看，现在想起来就好笑，那一年我十岁，正好和母亲跑得一样快，好几次她的小树枝从我背后轻轻擦过，就快打在我的背上了，却促使我跑得更快。追了好长一段路，现在算来大概有一公里吧，我才好不容易地从一条小路逃脱。但这样赤身裸体地待在外面也不是个办法，下午还要上课呗！最后我只好垂头丧气地回到家。晚上挨了一顿打，那自不用细说。

可惜现在那条小河被污染了，孩子们再也没有机会在河里洗澡摸鱼了，真可惜了。

小时候的玩具五花八门，烟盒板、掉扣子、滚铁环、滑轮车、打陀螺，打弹弓、放风筝……每一样我们玩得都是那样的开心，由于没钱，大部分都自己做。我小时候手巧得很，每一样在小伙伴中都算玩得比较溜的。有一段时间迷上了链条枪。就是先用粗铁丝做一个手枪的骨架，再装上几颗自行车的链条，最前面装上钻有小孔的子弹壳，一根粗铁丝穿过链条，尖的一端正好砸在小孔上，再连以橡皮筋和扳机，一把威力十足的链条枪就算做成了。这么复杂的工艺，小伙伴中会的没几个，我算是其中一个。

记得有一次，我做了一把链条枪，然后得意扬扬地和几个小伙伴来到小河边。我先把一根火柴头的药刮下来，放在子弹孔，然后在子弹壳中装入火药，再用纸把火药塞住，压紧，扣动扳机，只听得嘭的一声巨响，我的手一麻，链条枪散架了，原来火药装得过多，用纸压得太紧，子弹壳裂开了。正暗自庆幸没有伤到人，自己也没受伤，垂头丧气地准备打道回府，却看见一个挑着担子的人向我们走来，是个卖菜的农民，一只手抱着头，手上满是血。原来一块"弹片"正好打中了他的头。我一下慌了神，赶紧领着他到母亲的小卖部，母亲叫我在店里看着，自己带着他去附近的医院包扎了头，又是补偿又是道歉，好不容易才把人家安抚住。晚上，我自然挨了一顿打，链条枪的残骸也被没收了。

那时的文化生活很匮乏，看电影是一件特别奢侈的事。当时有两部影片特别火，一部是电影《少林寺》，一部是电视连续剧《霍元甲》，当时觉得好看得不得了，弄得我现在一把年纪了还喜欢看武打片。看完影片后，我们这帮小伙伴成天拿着一根竹棍，学着电影里的样子，打打杀杀，闹得家里和左邻右舍都不得安宁。看着电影里的高手飞檐走壁，身轻如燕，我们羡慕极了，要是自己也会轻功那该多好啊！为了练习轻功，我找来两个沙袋，绑在小腿上，连睡觉也不脱下，隔了好长一段时间，觉得自己能飞了，终于脱下来。但脱下之后，除了小腿上留下了深深的印迹，却怎么也飞不起来，百思不得其解，最后只好不了了之，看来武林高手也不是那么好当的哟！其实我还算是小伙伴中比较温柔的一个，我记得我的一个好朋友，是个老师的孩子，他居然跑到河南嵩山少林寺去了，急得他父母跟什么似的，最后好歹终于回来了，蓬头垢面，衣衫褴褛，那副失魂落魄的样子我现在想起来还觉得好笑。

四

我初中在县城里的一所中学念书，只有周末才回家，在这条街上的时间一下子就变得很少了。

刚上中学，家里生活稍微好些了，母亲每周给我三元五角钱的菜钱和八斤学校的饭票，我那时第一次开始自己支配钱，很兴奋，但不会分配，前半周伙食开得很丰盛，后半周就惨了，真是捉襟见肘。那时每周上六天课，只有星期天休息，一次星期五吃完晚饭后，我只剩五分钱了，星期六早晨，我只好用这五分钱喝了一碗稀饭，勉强填一下肚子，中午饭也没有着落，下午饿得浑身发慌，好不容易挨到下午放学，我走一路歇一路，六公里左右的路走得好辛苦，好不容易才挨到家。哎！现在回想起来真是又好笑又心痛，如果自己当时在长身体的时候注意些饮食和营养，不暴饮暴食，自己现在个头可能高多了。

那时学校的伙食很不好，我隔三差五地在晚自习后，走路回家去打个牙祭，回到家通常已经是夜里快十一点了，第二天早上五点多又要起床赶回学校去上早自习，非常辛苦。这倒在其次，主要是因为每次晚上回家，我都是提心吊胆。每次穿过那条小街，我都会拿一根棍子或手上扣一颗石子，严阵以待，因为每隔一段路都有一条狗把守，我对它们都比较熟悉。一天晚上回家，路过那条街，周围一片漆黑，人们大都睡觉了。我已经通过了最后一道封锁线，感觉大功告成的时候，心情也松懈下来。突然感觉身后有沙沙的响声，很小，像蚕吃桑叶的声音。慢慢地声音越来越大，不好！有狗！想防备的时候，已经来不及了，我感觉右脚踝一疼，已经被咬了一口。说来奇怪，被咬之前老是担惊受怕的，被咬之后，惧意全无，只剩下满腔怒火。我反身急追，口里也骂骂咧咧地大叫。却见一条黑影向后遁去，居然还是不叫一声，却哪里追得上。我恨得直咬牙！却无可奈何，只好垂头丧气地回到家。母亲检查了我的伤口，幸好是冬天，穿了两双厚袜子，袜子被咬破了，里面只伤了一点儿皮。但我的惊惧还是非同小可。常言说："一朝被蛇咬，十年怕井绳。"

从那以后，平常晚上我再也没有回过家。

直到现在，我仍然很怕狗，尤其反感那些养着大狗的人，更有甚者，绳子也不套，就让那些比人块头还要大的狗在小区里、大街上乱跑，他们老是说："不要怕，我的狗不咬人。"天知道！每次遇到这种情况，我都要退避三舍，哎！惹不起，咱还躲不起吗？

我刚上初中的时候成绩并不好，进到县城这个花花世界，一切都感到新奇。初中是一个人的叛逆期，稍不注意人的一生可能就是另一个样子。开始我对学习一点儿兴趣也没有，一有空就跟着几个县城里的不良少年到处混，差点儿学坏。我还记得家住县城的一个同学经常在晚自习后带我们几个去县城里的娱乐场所打台球。那时候，在我们那个小地方，人们眼中打台球的年轻人和不良少年是同义词，我现在对台球还很有兴趣。直到初一下半期，我母亲生病住院，病得很重，我们都以为她快不行了。她在病床上还叮嘱我要好好念书，我良心发现，开始发奋读书，成绩很快好起来，之后一直保持在年级前几名。初三下学期，我获得了全校唯一的县教育局颁发的县三好学生，让我倍感荣幸。

五

初中毕业后，我以全校第二名的成绩考上了全县最好的重点中学，家里生活渐渐也有了好转，搬到了县城里居住，我们家终于成了城里人，我终于离开了这条我生活了十一年的街。

但好景不长，我们家搬到县城里还不到一年，正当我们全家对未来生活充满希望的时候，家里发生了大灾难，二姐坠楼瘫痪了，为了给她治病，家里花光了所有积蓄，生活变得十分的艰难，我们家又被打回了原形，并且比以前还大为不如了。不仅如此，更糟糕的是家里每个人都背负了沉重的思想负担，压得我们喘不过气来，我的成绩也一落千丈。感谢我的母亲，整整三年，用她柔弱的肩膀支撑起这个家，带我们全家走出了灾难，不顾一切地供我读书，让我有幸到外面见一见世面，让我有机会来到成都这个我梦寐以求的地方，我的一切都是拜她所赐。

如今，每次回老家，我都要去看一看那条街，还是那么破旧，偶尔一幢小洋楼立在其中很不谐调，我多么希望自己是一名超级富豪，把从小生我养我的地方重新修葺一翻，让这条街上的人们也过上富足美好的生活。

时间过得飞快，往事都成了过眼烟云，如果时光可以倒流，如果生活可以重新选择，我宁愿选择以前比较贫困但内心快乐宁静的生活。我写下这篇文章，写下这条街，同时写下我贫困却又幸福快乐的童年和少年时代。

偶　然

一

　　大三的暑假，我没回老家，一天下午闲得发慌，我决定到图书馆去看书，想起来就好笑，平常也没见自己有多努力，这会儿倒还用起功来了。漫不经心地向图书馆走去，路过青年商店，拐一个弯，来到一处体育场，忽然发现一只乒乓球滚到自己的脚边。没有任何思索，我躬下身来，捡起乒乓球，然后转身抛给过来的捡球人。哦！没想到这轻轻一捡，我的人生随之而变。我发现捡球的是一个挺漂亮的女生，蛮清纯的样子，梳着马尾辫，一身运动装，笑容甜甜的，正好是我喜欢的那种类型，平时喜欢打乒乓球的我，生平不知捡了几千几万次球，但这一回，我捡起了我的爱情。还去图书馆看什么书哟！我当即决定和她们一块打球，平常在女孩子面前矜持的我，居然变得相当的放松，开始她居然不要我参与，但经不起我软磨硬泡，最后同意我加入了，我们一直玩到天黑，十分开心，彼此留下了美好的印象。当然，那只是故事的开始，其后，尽管经历了许许多多的分分合合，磕磕绊绊，甚至险象环生，但当那只乒乓球偶然滚到我的脚边，就注定了我和她要成为有缘人。

现在想起来，自己那天从宿舍出来，知道自己正慢慢地一步一步地靠近自己未来的妻子吗？又或者中途有什么打扰，我稍微偏离了方向，都会让我和她擦肩而过，那真是自己一生中几乎最重要的短短的一段距离啊！哦！真有意思！其实她也一样，那时的她可知道自己未来的丈夫正一步一步缓缓地向自己走来？

人的一生是那么的偶然，在你不经意的时候，爱情就悄悄地来到。

二

我刚参加工作时，找工作不易，尽管专业是应用电子技术，却已经改行做了四个月的会计，并且慢慢入行了。

有一天晚上单位里培训，正好是电脑部的经理给我们这些新员工培训计算机基础知识，他正讲得兴起，突然一下停电了，大家一阵骚动，人事部经理走到讲台上，突然对着我说："那个小朱，你不是什么电大毕业的吗？你去看一下，怎么回事。"我的天！这不是赶鸭子上架吗？我是电子科大毕业的，不是什么电大毕业的，大哥，这是有本质区别的！况且我曾经被电到过，那滋味就像有人在后脑勺打一记闷棍，难受得要命，从此对强电有着本能的恐惧和抵触。但人事部经理当着这么多人的面说，我实在无法给大家详细解释电大和电子科大到底有什么区别，没办法推辞，只好硬着头皮上吧！且看看再说。幸好有一些基本用电常识，我打开保险盖一看，原来是保险丝烧了。我赶忙找来一根保险丝装上，合上闸，哦！灯一下全亮了！多么高兴啊！我隐隐感到大家崇拜的目光，不禁有点儿飘飘然，人真是奇怪的动物，天生就需要掌声和表扬。

后来没多久，电脑部招人，也许是那次停电给电脑部经理留下了比较深刻的印象，他查了我的简历，找我谈话，问我是否愿意进电脑部工作，我不禁欣喜若狂，因为在 20 世纪 90 年代，计算机对我们这些年轻人来说，绝对是最时髦、最有意思的专业，我不假思索地答应了。就这样，本来已经铁了心做一名出色会计的我，在做会计快五个月后，开始了自己或许一生要从事的计算机生涯。

我赖以生存的职业，居然来自一次偶然的停电，生活跟我开了一个多么大的玩笑啊！

三

我在济南工作两年后，有一次电脑部经理到威海出差，出发前他临时把我带上，说是要锻炼我一下。这是我工作后的第二次出差，多么兴奋啊！第一次还要追溯到一年前，我和另一个同事押着两车济南的特产到北京总部，除了到首都见了一下世面，吃了一桌贵得让我目瞪口呆的大餐，住了两晚豪华的亚洲大酒店，其他没多大意思。这次可真是业务上的出差，学习一个非常重要的新系统，对于当年我这个痴迷技术的人来说，意义非同一般。在威海，我第一次见到了大海，大海一望无际，让我震撼。坐在海边的一块礁石上，脱下鞋袜，把脚浸在水中，多么清凉的水啊！用手指蘸一点儿海水点在舌头上，真是咸的哩！还带着苦味。

在威海，我遇到了成都分公司的一个同事，我叫她刘姐，是高我几届的校友，顺便说一句，绝对的美女，什么叫光彩照人，我想就是形容她的了。我们闲聊时，她说她们部门正好有一个姓杜的同事离职到新加坡去了，缺一个人，她们正在招人，我当即表示我想回成都，她说她回去请示一下，让我等消息。

好消息很快收到，我回到成都那一天恰好那个同事乘飞机离开成都和他关系好的老同事去机场给他送行，然后又回来欢迎我。我不认识他，但很奇妙，一个我不认识的人当年的决定无疑影响了我一生的生活。如果那时领导不临时把我带上，如果那时不正好遇见刘姐，如果不是她们正好有一个同事要离开，我现在会在哪里？还在济南吗？我不知道。

偶然又回到了挚爱的成都，我很快就知道，今生今世我不会再离开。

四

那是七年前的一个深夜，我深夜加完班回家。已经凌晨三点钟了，尽管很疲倦，但可能疲倦过头，一直很亢奋，睡不着，就在网上瞎逛，不知从哪里发现一则招聘，招一名计算机经理，我顺便投了一份简历，也没抱什么希望，之后就把这件事忘了，没想到几天后接到了一个电话，要我去面试，居然一下子就成功了，这下我反倒矛盾起来，我当时所在的公司待遇还不错，除了累一点儿，其他都好，并且我当时是单位的技术骨干，领导比较重视我，我也根本没有换工作的打算。况且新公司还没开张，前途未卜，风险太大，家人全都反对。但过来新公司之后，公司的科技工作就由自己把控，这点对于我这种人来说，相当有诱惑力，机会太难得了，那就抛硬币决定吧！我在府南河边郑重地投下了硬币，到底哪面代表什么，我已经忘了，结果已经知道，我最终来到了这家公司。

这次偶然极大地影响了我的工作和生活，在这期间，我亲爱的儿子来到了这个世界。

五

生活就是这么充满戏剧性，如果当年不是我一时心血来潮，暑假居然要去上自习，或者那只乒乓球没有滚到我的脚边，我现在的妻儿一定是另一种样子，说不定我现在还是光棍一个；如果没有那次突然的停电，我可能压根不会从事现在这个行业，说不定我已是一名资深的会计，又或许已经成了一名出色的会计经理；如果没有那次威海之行，我可能回不了成都，或许娶了一个山东媳妇，已经在济南扎根；如果没有那次深夜由于加班后的失眠，我可能还在原来的单位，根本不会来到现在的公司，新认识我们部门的兄弟，其实他们几个还不是偶然认识了我，而导致生活轨迹的突变。

这个世界太奇妙，充满了太多的偶然，偶然的事，偶然的人。你所爱的人，长相思；你所讨厌的人，避也避不开。有的偶然让你欣喜若狂，有的偶然让你痛不欲生，有的人偶然一遇，就再也不会相见，即使再见也早已不相识；有的人偶然一遇，就像在你生命长河中投下一颗小石子，泛起一阵涟漪，随着时间的流逝，他们也成为你生命中的过客；而有的人就不同了，当你们偶然一遇，就注定你们长相厮守，一生相伴，再不分离，我们的爱人，我们多年的挚友，不正是这样的人吗？

我希望人生多一点儿偶然，那样生活才有意思，不再枯燥。如果我们早已知道未来生命旅途中的每一个细节，按部就班地度过人生的每一分每一秒，那生活该是多么的索然寡味啊！正是这些对未来的不确定性，才让我们的生活充满了希望和期待。

月色

一

大学毕业后，为了谋生，我来到了济南。开始的几个月，真的很难熬，一是天气，夏天很干燥，手脚老是脱皮，记得刚到济南的那个夏天，好几次晚上睡觉，干得实在受不了，就把脚泡在一盆水里，横着睡在床上，这样尽管很别扭，但稍微舒服一点儿；冬天很冷，比南方冷多了，记得有一年冬天，连续九天零下十多度，我戴着瓜皮帽，骑着自行车去上班，样子有些滑稽，但要保护耳朵，只能这样穿着。印象比较深刻的是有一次周六该我值班，我必须九点前赶到单位去开设备，正下着鹅毛大雪，市区里的雪大概就有二十厘米厚，我冒着大雪，骑了一个钟头才到单位，浑身热得直冒汗。二是饮食很不习惯，北方的主食以馒头为主，单位里经常没有米饭，只有馒头可以选择，对于我这个以前几乎从来不吃馒头的四川人来说，很不适应；没有大米粥，只有小米粥，都是米粥，但味道截然不同，开始简直下不了口。我是多么的怀恋家乡的回锅肉与牛肉面啊！人真是具有超强的适应能力，当我离开济南的时候，我却已经深深地喜欢上了这两样东西，觉得它们是那么香甜。还有就是大蒜和大葱，平常看起来漂亮文静的女孩子，也能用大蒜蘸着一点儿醋，就着大葱吃上一个馒头，这一点儿我实在学不来。

但最难熬的是孤独，无法排遣，唯有忍耐。

二

不久，我发现在我住所附近有一条小吃一条街，许多摊主把灶设在路边，就在路边炒菜，香气四溢，像我们大学时食堂的小炒，又便宜又好吃。于是，这条街成了我经常光顾的地方，我常常在下班后，带着一个大瓷碗，打上一碗饭，再炒上一两个菜，作为我的晚餐，日子倒还过得逍遥自在。

一天傍晚，我照常来到这条街上，突然，我发现迎面走来一个小男孩，六七岁的样子，穿得破破烂烂的，胖嘟嘟的脸，看得出营养不良，模样非常乖巧，令人难忘的是他的那双大眼睛，清澈明亮，只是脸上很脏，应该很久没有洗过了。他一手拿着一个很大的瓷缸，一手牵着一个老婆婆，老婆婆可能是他的奶奶或者外婆吧，头发快全白了，脸上皱纹交错，看起来很苍老，更让我惊讶的是，她翻着白眼，居然是个盲人！这一老一少强烈的反差，让我印象深刻。他们一路走过去，小男孩看到路边的桌子上的剩饭剩菜，就端起来倒进自己的大瓷缸里，然后牵着老婆婆，来到一个偏僻的角落，靠着墙，两个人一人一口地吃起来。我有点儿好奇，这么乖巧可爱的小男孩，怎么会流落街头呢？他的爸爸、妈妈呢？怎么会不要他了？怎么只有他和他的奶奶出来乞讨？

接下来的一些天，我经常碰见他们。也有好心肠的店主，主动给他们舀些吃的东西，也不时看见有的店主大声地呵斥他们，叫他们滚开。我都没有在意，这个世上可怜的人太多，我已司空见惯。

三

时间悄悄地来到了中秋，这个亲人团聚的日子，对我这个独在异乡的人来说，更加感到孤独和寂寞，真的还不如不过这个节好。晚上独自在宿舍看书，我突然想起了那个小男孩，他和他的奶奶正在干什么呢？反正没事，出去逛逛吧，说不定还会碰到他们。

北方有月亮的夜晚很多，不像在成都，月亮难得一见。月亮已经出来了，在这个北方中秋的夜晚，她是那么大，那么圆，那么明亮，把周围的马路和建筑都照得清清楚楚。济南的夜，人们歇息得很早，八点多钟，整条街就基本上见不着什么人了，和成都相较，形成强烈的反差，这个时候，成都的夜生活才刚刚开始，我不知道济南现在还是不是这个样子。我到处瞎逛，不知不觉来到了那条小吃一条街，大部分小吃店都打烊了，只有几个小店还在营业，也没几个客人。我顺着这条街往前走，东张西望，突然，我发现前面两个人影蜷缩在小吃街的一角，黑暗中也看不清，走近一看，果然是他们！祖孙俩紧紧地靠在一起，身上盖着一块不知从哪里捡来的毯子。我一阵酸楚，哦！可怜的孩子！果然在这里！在这个中秋的夜晚，这流落街头的一老一少，他们互相依偎，相依为命。这么小的孩子，他不仅要照顾好自己，还要照顾好眼盲的奶奶！他本应该是在父母怀中撒娇的年龄。我一阵激动，从钱包里掏出一百元钱塞到小男孩的手里。他一脸的惊愕，瞪着他那双明亮天真的大眼睛看着我，不知所措。我柔声地说："拿着！"然后转身快步离开了，我实在不愿别人看到我的施舍。

漫不经心地往回走，月亮已经升高了，她是那么美，那么的晶莹剔透，却又是那么清冷。这个月朗星稀的夜晚，路上行人三三两两，偶尔从路边的房屋里传来人们一阵阵欢快的笑声，在这个亲人团聚的夜晚，他们是那么快乐和幸福。

回到宿舍，心情久久不能平静，在床上翻来覆去地睡不着，索性坐起来，点上一支烟，漫无边际地胡思乱想：我可怜这个孩子，可能是因为当时我的境遇和他相似吧！自己背井离乡，收入微薄，孤独难耐，同病相怜，我也比他强不了多少。哎！可怜的孩子！叔叔那时自身难保，只能帮你这么多。夜深了，周围一片寂静，月光从窗户外照进来，把我的房间照得透亮，投下我孑然一身的影子，月亮高悬在天空，它可不管你人世间的悲欢离合，依旧那么明亮。

之后的一段日子，我照常在下班之后，去那条街炒一两个小菜，作为我的晚餐，偶尔也会碰到他们，间或对那小男孩报以一笑，算是打个招呼。有一天，小男孩和他奶奶突然不见了，我不禁有些怅然和失落，好像失去了自己的一个朋友，但转念一想，哎！管他呢！这个世界可怜的人太多，想他们干什么呢？徒增烦恼。

不久，我回到了成都，就再也没有见过他。

四

后来，我有了自己的孩子，他是上帝赐给我最好的礼物，我像爱护自己的生命一样疼爱他，保护他。自己有了孩子后，有时看到别的孩子的遭遇，就会很心痛，设身处地地想，如果那是自己的儿子，我该有怎样的反映？有时候不知不觉就会想起那个小男孩，他过得还好吗？他的奶奶还在吗？按他的生活环境，没有受过任何教育，每日只为了那一顿基本的温饱，经常挨别人的白眼，遭受他人的打骂，他长大了，他能分辨好坏吗？他能知道善恶吗？他会仇恨这个社会吗？人在悲伤绝望的时候，在最基本的生活都无法保障的时候，是什么事情都做得出来的，等到他长大了，变得身强力壮了，他会去偷、去抢吗？他已经被抓到监狱里面去了吗？但愿不会是这个结局。

这个世界有时让人太迷惑，我有时就想：上帝为什么要把世界创造成这个样子呢，有的人生来就锦衣玉食，有的人却一生穷困潦倒；有的人聪明伶俐，有的人却那么愚蠢；有的人模样俊美，有的人却丑陋不堪……上帝为什么要把人世间创造成这个样子？为什么偏偏就是你生来锦衣玉食、聪明机智、容光照人？但不这么创造，又该怎么创造呢？我无法回答。

又是一个月圆之夜，晚饭后，我带着儿子出去散步。成都这个地方，夜晚很少有月亮，但今晚的月色却好得出奇。我抬头望天，一轮明月高悬于天际，星星闪烁，天空是那么蓝，没有一丝云彩，月光柔柔地泄下来，把大地染成一片金黄，多么美好的月色啊！宛如那个中秋的夜晚。儿子指着天上的月亮大声叫道："爸爸，快看！月亮，好大的月亮！好圆哟！它为什么老是跟着我们走呢？"哦！亲爱的儿子，你的好多问题我都无法回答你，就像我无法回答为什么你这么幸福，而那个和你一般大小的孩子命运却那么悲惨一样。我满足地牵着儿子的小手，悠闲地到处闲逛，转过一个弯，路过谭鱼头，里面飘来阵阵浓烈的香味，人们相互敬酒，斛光交错，到处灯红酒绿，成都的夜生活才刚刚开始。

我情不自禁地想起了来哥，想起了老崔，想起了我的房东老张和他漂亮乖巧的小女儿，想起了我年轻时在济南那段艰辛孤独，却还算幸福的日子，似乎还是昨日，却一眨眼的工夫，已经溜走了太多的旧时光。也想起了那个中秋，那个月光皎洁的夜晚，那双大眼睛，一脸稚气，手里拿着大瓷缸，牵着他的盲人奶奶乞讨的小男孩，如果你还侥幸活在这个世上，算来也该二十岁左右了吧。

我和乒乓球

一

爱上乒乓球，和乒乓球结缘，是我这一生最幸运和幸福的事情之一，我的喜怒哀乐，我人生的一些重要时刻都和这小小的银球有关。

记得大概我五六岁的时候，我们家附近的一个大哥哥用木头做了两块球板，样子也不规整，上面也没有海绵和胶皮，然后在一块水泥地上用粉笔画上一张球台，摆上几块砖头做球网，几个小朋友就开始兴高采烈地玩起来，这是我对乒乓球的最早记忆。

二

上小学后，我们学校购置了三张木头乒乓球桌，整齐地摆放在学校的礼堂里，这在我们那个年代，是十分奢侈的东西，它成了我的乐园，我经常和小朋友们一块到这里打球，我的课余时间基本上都花在这里了。

常言说："兴趣是最好的老师。"我一边打球，一边琢磨，水平也渐渐提高了。

但那时太穷了，我买不起自己的球拍，每次打球都是去借我的同学刘小胖（记不得他的真名了）的海绵球拍，尽管我们是要好的伙伴，但毕竟很不方便，我是多么希望有一副自己的球拍呀！一块称手的球拍，对于一个乒乓球爱好者来说是如此的重要，你用光板打球是永远提不高水平的。我决定无论如何也要拥有一副属于自己的海绵球拍！我省吃俭用，一点儿一点儿地攒钱，大概过了大半年，我终于攒够了几元钱，买了自己的第一副红双喜球拍，经过长时间地等待和期盼，终于得到了自己心爱的东西，那种快乐的心情真是美妙到了极处。可惜现在很难再体会得到这种心情了。

小学三年级时，我们学校和另一所小学举行了一次乒乓球比赛，我们学校选了三名选手参赛，我被老师定为第一主力。那时候举办这种活动，人多势众，敲锣打鼓，好不热闹。球台摆放在操场的中央，两所学校的几百名师生围着球台整整齐齐地坐着，为各自的选手呐喊助威。我是又兴奋又紧张，一则从来没见过这种大场面，看着黑压压的人群心里有些发慌；二则对胜利充满了强烈的渴望，我当时在学校中，已经是出了名的小球迷，高年级的同学也无一是我的对手，我一定要为我们学校争光，在老师和同学面前证明自己。前两场球，我们两队各胜一场，最后一场由双方的主力选手对垒，我的对手是一个左撇子，这让我很不适应，比分一直落后，我越发地紧张起来，嗓子干得都快冒烟了。但经过努力调整，我逐渐适应了他的打法，比分也慢慢地追了上来。在全校师生震耳欲聋的助威声中，我终于取得了胜利，获得了关键的一分！多么快乐啊！几十年过去了，我还清楚地记得当时的情形，我站在球场的中央，春风得意，意气风发！感到十分的幸福，它第一次让我品尝到了成功的滋味。

三

我十四岁那年，在县城的一所中学上初二，每个周末才回家一次。但在周末和假期还是经常去我们小学校园和以前的老朋友打球，因为那里的球桌和环境都比较好。暑假的一天，我和朋友们约好去打球，在那里，我遇到了一个名叫波儿的少年，只有十二岁，样子长得很清秀，球也打得不错，是新来我们小学教书的一个老师的孩子，就住在学校里。之后，我们经常在一块打球，很快就混熟了，并且结成了要好的朋友。

有一次，我们几个朋友一起打球一直到中午，突然听到礼堂外有个清脆的声音大声喊道："波儿，波儿，吃饭了。"我循声望去，不禁一呆，哦！请不要让我遇见你！只见大门口亭亭立着一个少女，十四五岁的样子，身材高挑，模样十分端庄漂亮，穿着一件红色的上衣，那火红的颜色呀！从此深深地印入了我的脑海里！

后来才知道，这个女孩是波儿的姐姐，叫做春儿，比我大一岁，也跟着她妈妈过来，在我们学校的初中部上初二，居然和我是一个年级！我和波儿混熟了之后，自然而然和春儿在一起玩的时间也比较多，她也喜欢打乒乓球，在女生中水平算是不错，我们几个因球结成了非常要好的朋友。我初中学习成绩很好，而他们姐弟的成绩都不太好，因此，除了打球之外，我也经常帮助他们补习功课，有时也在他们家吃饭。之后的几个假期，我们一块学习，一块打球，一块谈天说地，一起到河里捕鱼，过得十分的开心，看着她俏丽的面容，优雅的身姿，长发飘飘，我不禁心情荡漾，她浑身透露出来的青春气息，让我这个情窦初开的少年不能自已。但在我们那个年代，我的那个年龄，根本不可能表白，唯有藏在心里。我的性格偏内向，外面表现出来好像什么事也没发生似的，其实内心汹涌，备受煎熬，哦！美丽的姑娘！少年的心思，你可知？不知不觉，少女的模样不时出现在我的梦里，挥之不去，难以释怀。但我是那么的自卑，那么的自惭形秽，你是一只洁白的天鹅，我不过是只丑陋的癞蛤蟆，你是天上的仙女，如此的美丽，而我却是如此的平庸，家里一贫如洗，怎么配得上你？！

她中学毕业后就在县城里一家小药厂上班，很难再见面。有一次，我在大街上看到一个年轻人和她并肩而行，他们谈笑风生，好不亲密，我的胸口好像挨了重重一拳，哎！她终于有男朋友了，我彻底失去了希望。看着他们甜蜜的样子，我难受得要命，他男朋友是一个很帅的小伙子，两个人走在一起非常般配，看着他们逐渐远去的背影，我的心中感到深深的失落。

后来听说她结婚了，大二的时候回老家，我去看望他们姐弟，正好她怀孕了，懒洋洋的，样子有些走形，但依旧那么容光照人，从那以后，我再也没有见过她。

我少年时期就是伴着我对她的相思度过的，我对她的情丝，从我十四岁开始，因乒乓球和她相识，到我二十岁离开故乡，来到成都上大学为止，这是我生平第一次对一个女子动心，我不知道这是否算是自己的初恋，她可能根本就不知道曾经有一个少年对她如此深深的迷恋。这么多年来，时至今日，我一直迷惑，一个人怎么会有这样的情感呢？不知不觉，无缘无故地喜欢上一个人，那么的强烈，无法抵挡，无法解开。

回老家，不经意就会来到那所学校，希望能够偶然碰见她，却听说他们一家都搬走了，不知所终。我不禁怅然若失，那个青春动人的女子，那个第一次撩动我心弦的姑娘，那个秀气的少年，我年少时最好的朋友，你们现在在哪里？

四

上高中后，我很快确立了在全校乒乓球的霸主地位。有一天下午，高我一年级的一个球友告诉我，学校刚来了一个老师，非常厉害，他们都不是他的对手，叫我赶快去会会。我一听就来了劲，立即就往球场跑。当年在我所居住的那个小县城，对我们这些球迷来说，能够遇到一个高手，那真是一件非常幸福的事。有过某种体育爱好，并且玩到一定水准的朋友，许多人都应该有过这种体会。

我赶到球场，果然看见一个中年人，中等的个子，面容俊朗，留着性感的小胡子，身材比较瘦削，但肌肉十分结实。拿着一把大刀（横拍），正和其他人玩得兴高采烈。我一阵手痒，忍不住上场和他比试一番，经过激战，我败下阵来。他的技术比较全面，正手的弧圈球连续性比较好，抢攻意识非常强，反手的防守也很好，我的三板斧经常扣不死他。那是我第一次接触弧圈球，很不适应，见识了它的威力，以前我只在电视上见识过。

从那以后，我开始了和他——邓老师多年的友谊。那年他三十八岁，我十六岁，我们因相同的爱好结成了很好的朋友，三年的高中生活，我们经常在一起打球，度过了许多快乐美好的时光。邓老师教高中数学，性格和善，乐于助人，在全县的乒乓球界威望很高。我现在还记得他带我们几个去参加地区九县一市中学生乒乓球比赛的情景，他一直为我们加油助威，但我的运气有点儿不佳，在进入八强后就被后来获得第一名的选手淘汰。在比赛的空隙，他也和其他县的爱好者过过招，过上一把瘾。第二年，他又带我们去考级，我有幸获得了国家业余二级运动员的称号，让我浪得虚名这么多年，但心中一直忐忑，觉得自己水平还根本达不到。

上大学后，每次放假回家，我都要去看他，然后约上县里面的几个老朋友一块去打球，一般打到很晚，然后大家一起去吃路边的冷淡杯，同时畅聊技术上的得失，多么快乐啊！一眨眼的工夫，二十多年过去了，他应该六十出头了吧，可我还老记得他年轻时英武的模样，在球场上英姿勃发，健步如飞，那时的他正好如我现在这个年纪呀。后来，我忙于生计，打球的时间很少了，和他联系得也比较少了，好多年都没见过他，他过得还好吗？

五

上大学后，我因为乒乓球结识了许多人，他们中有的成了我一生的好朋友，兵哥、旺旺、明哥、老熊、韵哥，我们结下了深厚的友谊，直到今天，我们隔上一段时间就要聚上一回，或者打打球，或者一块吃饭聊天，或者一起出去游山玩水，对乒乓球的胜负看得小多了。

我的球友中有个叫兵哥的，是一个是刑警，那可是地道的刑警，就是电视上纪录片里演的那种抓坏人的警察。我们都好崇拜他呀！他在我们当中水平最高，当年他身体之结实，步伐移动之快，我们都望尘莫及。

有一年成都市的芙蓉杯，我、兵哥，还有下面将要提到的一位捉摸不透的仁兄，我们三人组了一个队参赛，兵哥打一号，这位仁兄打二号，我尽管自感状态良好，但迫于实力，也只好打三号了。我们三个齐心协力，最后取得了团体第二名的好成绩，第一名是体校的专业队，我们实在打不过他们。这次比赛给我留下了深刻的印象。

有一天，突然听说兵哥住院了，脑袋里长了一个瘤子，近核桃大小，要做切除手术，我们都很惊讶，也很关切。他手术完后，我们几个好朋友去看他，嘱咐他好好养病。兵哥躺在病床上，一副弱不禁风，虚弱的样子，跟平时判若两人，哎！人生无常，世事难料，兵哥那么强健的身子，哪里料得到却隐藏着这么大的危机？而且以后再也不能剧烈运动了，这对于兵哥这种"球贩子"，真是要命呀！

六

大学毕业后，为了谋生，我去了济南。在济南，我进入一家公司的电脑部门工作，我拼命地学习专业知识，那时对计算机的兴趣胜过所有，整整三年，很少摸过球拍。一个偶然的机会，我又回到了挚爱的成都。那天傍晚时分，华灯初上，我站在春熙路的天桥上，看着拥挤的人群，来来往往的车辆，恍若隔世。又见到了许多以前的老朋友，开心得不得了，自然而然又摸起了球拍，隔三岔五地打上一场球。当时，在我的球友中，我和铁哥、老熊关系最好，他们俩都是我的校友，比我低两届，我们一块打球、一块聊天、一块到春熙路，坐在中山广场的石栏上看美女，日子过得逍遥自在。

铁哥大学毕业后一直不顺，做过各种工作，但也只够糊口。有一次打完球，晚上我住在他简陋的宿舍里，睡的是那种简易的行军床。我们畅所欲言，聊生活，聊梦想，一直到深夜。他说他一直想去法国留学，但迫于经济压力和其他一些因素，一直不能成行，慢慢变成了一个遥不可及的梦。后来，他在龙泉城区开了一家小吃店，生意却一直不太好。这期间，我和老熊经常一起赶车去龙泉玩，我们一起度过了许多快乐的时光，尤其是我二十八岁的生日，那天晚上，月光皎洁，他们俩和川师的一个女生给我在府南河边、合江亭畔过生日的情景，我永生难忘。

有一次，他说他资金紧张，想要我借一千元钱给他，我当即赶车到龙泉把钱给了他，我真的希望他的生意好起来。隔了几天，他又向我借了一千元钱，我又立即给他送去了，我知道他经营亏损了，想帮帮他，尽管我也不宽裕，但朋友有难，我一定要帮。

后来，他的店倒闭了，听朋友说他还欠了其他人一些钱。他没有再和我联系，我打他的电话也不通，我知道，我们的友谊从此断了，我失去了一个相知多年的朋友。每每想起来，心就会很痛。铁哥，其实没有关系的，尽管两千元钱在当时对我来说也是一笔不小的数目，但我真的没指望你还，真的。我知道你不好意思再见我，我知道你的自尊心，我知道你难，但你知道吗？你的难也一直痛在另一个人的心底。

七

在我的记忆中，有一次比赛非常难忘。

大二寒假回老家，我去看望邓老师，正好碰到全县举行乒乓球比赛，邓老师邀请我也参加，机会难得，我毫不犹豫地答应了。我那时的技术水平，可能是我一生中水平最高的阶段，人年轻、体力好得有时连自己也很佩服自己，平常高强度的打上三四个小时也不觉得很累；防守非常好，我当时在球友中号称"挡神"，一般的扣杀根本打不死我；脚下步伐移动很快，打乒乓球的人都知道，打球很大程度实际上是在打步伐，我自己也比较有信心取得比较好的成绩。

比赛是在县体育馆进行的，两天时间，大概有五六十人报名参赛，这真是我们这些乒乓球爱好者的一个隆重的节日。时值春节，来看比赛的人也不少。经过激烈的争夺，我啃了几个难啃的骨头，终于打进了决赛，邓老师也打进了决赛。第二天，居然下起了雪，我们不得不转战到另外一处室内的场地。决赛的时候，县电视台居然也来了，更提高了比赛的刺激性和紧张程度。那时比赛还是采取 21 分制，五打三胜，前四局，我和邓老师打得难分难解，各胜两场，第五局也是十分的胶着。我俩的球路相似，都是防守比较好，导致回合数比较多，比较有观赏性。旁边看球的人也给我们加油，不时爆发出一阵阵热烈的掌声。十比十后我们再次交换了场地，比赛继续，他拼命地压我反手，而我的反手却可以连续进攻，在相持的过程中我的得分较多，之后，我一直领先，我明显感到邓老师的紧张，因为他的球我突然感到很软，明显没有了平时的犀利，其实我也很紧张，但可能要比他好一点儿，经过最后窒息的几分，我终于拿下比赛！

后来看过电视的亲戚来我家做客，也对我刮目相看，还说上一句：

"没想到小朱打球打得这么好哩！"让我心里美滋滋的。这场球给我一生留下了甜蜜美好的回忆，当时的情景，现在想起来就很幸福，别人可能难以体会。我非常珍惜这难得的荣誉，尽管它只是一个小小的县级别的冠军，但对我们这种爱好者来说，真的很珍贵。

八

打球时间长了，见的人多了，遇到的人真是形形色色，五花八门，什么人都有。其中有一位仁兄，我不好提他的名字，但我的球友们如果读到这篇文章，一看都应该知道是谁。此兄相当有个性，标新立异、与众不同，做出来的事有时真的出人意料，让人捉摸不透。这位仁兄家境殷实，但读书不太好，于是家里拿钱，让他读了一个自费本科，不过这本科读到大八才终于毕业，让人哭笑不得，但这丝毫不影响他对乒乓球的兴趣，三十多岁的人了，还天天打球。他打球有一个要别人命的习惯，就是嘴上的话太多。每个球，如果赢了，就得意扬扬，还冲你摆一个他刚才动作的Pose，让你气得直咬牙，恨不得把球拍向他一下子扔过去；如果输了，那多余的话就来了，不是怪地太滑了，就是怪胶皮还不太适应，或者说是还没活动开，反正怪这怪那，客观原因一堆，就是不怪他老人家本身的原因。我们都不愿意和他打球，但此兄总在我们兴意盎然时突然出现，让我们扫兴。

不过此兄还是有一点儿可取之处，就是有时行事十分搞笑，让我们这帮朋友笑翻了天。

有一次周末晚上，我们几个老朋友约好在老地方打球。我们几个激战正酣，突然看见此兄出现在大门口，只见他穿着笔挺的西装，里面穿着雪白的衬衣，打着漂亮的领带，头发梳得很亮，看样子还打了点摩丝，哦！小伙子挺帅！不过，那只是上半身，再往下看，好像不太协调，怎么只穿了条红色的短裤？西裤呢？继续往下看，革履呢？怎么还是那双又脏又臭的球鞋？我们全都笑翻在地，哦！大哥！请你不要折磨我们好么？球场上折磨我们也就算了，你这上下半身变化实在太大，我们实在适应不过来！

他的这身打扮，以后成了我们的经典笑谈。

九

爱好一样运动，自然就有自己喜欢的明星，也有一些印象深刻的国际比赛，从初中到现在，从我们家第一台黑白电视机开始，许许多多的乒乓球明星就伴随着我一起成长。江嘉良的潇洒、瓦尔德内尔的多变、孔令辉的玉树临风、刘国梁的灵气、王皓的悲壮、王励勤的势大力沉、马琳的步伐、张继科的血性、邓亚萍的霸气、何智丽的怨恨、陈静的美貌、王楠的节奏、张怡宁的机器人防守，他们在我不同的人生阶段成为我心中的偶像。另外，一些经典的比赛也让人难忘。孔令辉在两千年悉尼奥运会上战胜瓦尔德内尔后狂吻国旗的情形，刘国梁在第 45 届世乒赛上战胜马琳获得大满贯后仰面倒地的情形，王皓雅典奥运会上输给柳承敏后无比失落的情形，都让人印象深刻，真的，看这种比赛，无论中国队输赢，都是一种莫大的享受！

玩一样东西，一定要玩到一定的水准，那样才会觉得它更有意思。常言说："外行看热闹，内行看门道"，说的就是这个意思。当你在看高手打球的时候，有时候就不禁惊呼，哎呀！他连这颗球都打得过去，他连这么难的球都防住了，他的步伐可真快呀！真是不可思议，自己可是万万做不到的！他们可真厉害呀！真是让人赏心悦目，心悦诚服。

近些年来，中国队在一些国际大赛中老是包揽金牌，这对乒乓球这项运动来说，可不是一件好事，如果比赛早早失去了悬念，那这个比赛还有什么看头？而比赛的悬念，恰好又是竞技比赛的灵魂。有时候看比赛，我倒希望外国的运动员能够获胜，心底里也经常给他们加油，但他们老是不争气，抵挡不住中国运动员强大的攻击力，每每此时，我奇怪自己居然感到些许的遗憾。

十

我三生有幸，和乒乓球结缘，它像一根纽带，串联着我从小到大的生活，也连着我的情感，已经成了我生活的重要组成部分，我和妻子也因乒乓球结缘，这在我的一篇文章《偶然》里已有叙述，在此我就不再赘述了；它又像一个老朋友一样，从小到大一直陪着我，让我在享受乒乓球的乐趣，锻炼体魄的同时，在人生的不同阶段，结识了那么多的朋友，有的还成了我一生的挚友。他们中有的小气，输不得球；有的性格怪异，让你琢磨不定；有的桀骜不驯，十分张扬；有的一贫如洗；有的十分富有，其实这都没关系，我自己还不是毛病一大堆，每个人都有他自己的性格特点和生活方式，我们又何必强求他人尽善尽美呢？只要我们能一起享受在球场上的快乐时光，这就够了。

这些年来，年纪大了，同时因为生活上的压力，人也变懒了，很久没有摸过球拍了，让我深感内疚，好像欠着一个多年的朋友一笔债似的。但是无论如何，我知道，从我幼年第一次和它相识开始，这小小的银球，就将伴我一生。

三 下

LW2000

当你没钱的时候，却看上了一样东西，心里想啊想，要是能够得到它那该多好啊！于是你存啊存，经过好长一段时间，终于攒够了钱，拿到了自己喜欢的东西，那种快乐的心情，真是无法用语言来形容，这比想要一样东西马上就得到要快乐得多，也更珍惜。

那还是 2000 年的事情了，手机已经兴起，满大街全是 LW2000 的手机广告，我心里痒痒的，要是我也有一部 LW2000 那该多好啊！但它太贵了，将近三千元钱，我买它还是很有难度，我那时的工资只有两千多点。

大概过了三四个月，我终于存够了钱。那天下午，当我拿到心仪已久的手机的时候，我快乐得简直快要叫喊出来。我把它拿在手里，左看右看，东摸西摸，爱不释手。从传呼机一下子飞跃到 LW2000，我真的还没适应过来，按今天的说法就是从"土鳖""屌丝"，一下子变成了"高大上""白富美"。当天晚上，我值夜班，一直玩到深夜。

第二天早上，我一醒来就赶快把它拿在手上，然后放在衬衣上面的口袋里去卫生间。当我站起来正准备冲水的时候，我感觉有一样东西正往前面的坑里掉。

这是什么意思？哦！请不要这样！

当我猛然反应过来的时候，伸手想去抓住它，但哪里来得及！它还是无情地掉进了坑里！那一刻，我脑袋里一片空白！眼睁睁、绝望地看着自己最心爱的东西无情地掉进深渊，却无能为力，我真想一头撞在墙上。幸好坑浅，我从坑里把它捞出来，洗净，擦干，却怎么也点不亮了。啊！那种乐极生悲的心情，怎么用语言来形容呢？我为什么偏偏要放在上衣的口袋里！？

从下午买来手机，如果去除晚上睡觉的时间，它陪伴我可能还不到十个小时。

当天上午，我花了血本四百元，去太升南路手机一条街换了一块屏，手机又亮了，可我心里始终有一个疙瘩。

过了一段时间，屏又不亮了，去问，说是电路板又有问题了，反复好几次，我绝望了，就当没有显示的座机来打吧！

成天带着一个看不见屏幕的手机，只过了几个小时的舒心日子，每次拨号只能凭感觉，接电话也不知是谁，真是一种折磨，直到半年后，我终于忍无可忍，换了一部五百多的爱立信手机，才结束了看不见来电显示日子。

十多年过去了，几多沉浮，连摩托罗拉公司也烟消云散了，其间我换过好几个手机，包括现在如日中天的 iPhone，但我再也没有用过如此刻骨铭心的手机了。

大哥与鼾声

单位组织去南疆玩，由公司领导老单（读 shan，四声）带队，玩得很嗨，一路上完全不同于内地的异域风光和空旷辽远的自然风光真是让人赏心悦目，也长了不少见识，尤其是在塔克拉玛干沙漠和喀什更是令我印象深刻。

鄙人姓朱，平常无论领导还是同事，都叫我朱哥。但在新疆，尤其是南疆，那里的人们都信仰伊斯兰教，猪（朱）字不能说出口，他们管猪肉叫大肉，于是从到达乌鲁木齐开始，我的名字就从朱哥变成了大哥。

哎！大哥居然还有这么得来的！

开始还有点儿不习惯，隔了好一会儿，才反应过来，哦！原来是在叫我！

我和余哥一个房间。这哥们儿看起来长得挺秀气，没想到晚上鼾声震天，我根本无法入睡。我只好时不时地掐他一下，他哼两声，声音便小了，但过不了一会儿，又呼呼地响起来，弄得我很晚才睡得着。

休息不好，白天便萎靡不振。有一次吃晚饭，我吃着吃着就睡着了。同行的宣哥居然抓紧时机，给我来了一张特写，只见照片上，我戴着太阳帽，耷拉着脑袋，嘴微张，口水正从嘴角顺流而下，一直流到下额，其形象简直惨不忍睹，他还拿着相机到处炫耀，我的完美形象完全被他毁于一旦。

第三天，我实在受不住了，大概深夜一点多钟，在掐了余哥两下没什么效果后，只好抱着被子来到卫生间，把被子铺在地上，然后垫上枕头，裹上被子，一会儿就进入了梦乡。

第二天一大早，余哥起来上卫生间，他灯也不开，一脚踩在我身上，吓了一大跳，我猛地醒来，却听到这哥们儿惊讶地说："咦！大哥，厕所里怎么还有一个人呢？！"

和余哥住了三个晚上，第四天，宣哥见我白天也睡眼蒙眬，好心、可怜而又自信地对我说："大哥，你来和老单住一个房间吧，我和余哥住一个房间，我百毒不侵！睡眠好得很，没问题。"

　　我高兴极了，尽管和领导住一个房间有些别扭，但我还是很乐意。当晚我睡了一个甜美的觉。

　　第二天，我神采奕奕，却见宣哥两眼红肿，显然备受折磨，只听他沮丧地说："余哥太猛了，实在抵挡不住，大哥，还是你来。"我哪里肯干，最后和老单商量，后面的几天都给了余哥单间的待遇。

衣　服

　　地震后的几天，我们已成了惊弓之鸟，只要有点儿动静，我们都会往外跑。把父母和即将临盆的妻子送到重庆，租了一套房子，安顿好他们，我当天就孤身返回了成都。

　　回到家，累得筋疲力尽，躺在客厅的沙发上，一下子就睡着了。睡梦中，感觉有什么在摇晃，开始还觉得蛮舒服的，但马上感觉不对，不好了！又地震了！我一下子惊醒过来，地震已经把我们整得神经质了。我撒腿就往外跑，顺便把门一带，砰！门一下子重重关上了，就在那一刹那，我后悔了，哎呀！我的天，我还没穿衣服，只穿了一条内裤！连拖鞋都没有穿！逃命要紧，先跑下楼再说，随着急急匆匆下楼的人群跑到了院子里。

　　满院子都是从楼上下来避难的人，我在其间实在不太谐调，只好躲在花园的一角。他们的眼光不经意地看我一眼，好像在说："那个人好奇怪呀！不穿衣服在那里干什么？"他们火辣辣的目光，烧得我好烫！但这哪能怪我！我还不是从梦中惊醒过来，乱了方寸，若是平时，死了我也要穿得整整齐齐地下楼，这该死的地震！

　　但这样老穿着一条内裤在外面晃悠也不是个办法，我正想硬着头皮去物管叫人把门撬开，找件衣服穿，却见一个大爷笑盈盈地向我走来，我满脸通红，警惕地看着他，却听他说："小伙子，是不是忘了穿衣服就跑下来了？我去给你拿一件衣服穿。"多好的大爷呀！我简直要感激涕零了。我们冒险回到楼内，来到他家，他取出自己的一套衣服给我穿，还给我拿了一双拖鞋，说老实话，穿着大爷的衣服，和我的尺寸差得比较远，相当不协调，相当不舒服，相当难受，他的带颗粒的拖鞋扎得我的脚好痛，但你要问我一生中穿过的最好的，印象最深的衣服是哪一件，我会毫不犹豫地告诉你，就是这一身。谢谢您！大爷！这对您来说，可能是举手之劳，小事一桩，但对我，却非常重要，帮了我的大忙，不单是因为我穿上了衣服，更重要的是一段温暖的记忆。时隔六年多了，我还如此清晰地记得当时的情景，人们在艰难的时候，相互间轻轻一帮，让受助者感到多么温暖，我想我一辈子也不会忘记它。

三　下

朋友乔迁新居，请我和雨妈去做客，我和雨妈欣然前往，两家是老关系了，女主人是雨妈研究生时的同学，两人关系一直不错。

我们拎着礼品，穿戴得整整齐齐，前往约定的路口会合，然后一起前去他们的新居。

小区环境不错，院子里干净整洁，绿树成荫，不时还能遇到几株绽放的腊梅。

朋友打开门，礼貌地请我们先进。我毫不客气地打头阵，只听得"嘭"的一声，我的头重重地撞在玻璃上，感到眼前直冒金星，原来大门背后一米左右还有一扇玻璃门。朋友连声抱歉，赶紧打开玻璃门让我们进去。

定了定神，开始四处张望，还真不错，屋内窗明几净，简单整洁，正是我欣赏的风格。我不时恭维两句，朋友夫妻听得心花怒放，一脸满足之色。

"请问卫生间在哪里？"感觉有些内急，我问朋友。"那儿。"朋友指了一个方向，我顺着朋友指的方向走去。"嘭！"只听得一声巨响，我重重地摔在地上，半天爬不起来，眼镜也不知跑哪里去了。原来，在我的面前是一面厚厚的玻璃墙！一点儿标识也没有。他们几个聊得正欢，见此情形，又好气又好笑，赶紧过来把我扶起来。这一次比进门那次更甚，我摸爬着找到眼镜，感到晕头转向，稳定了好一会儿，才缓过劲儿来。

上完卫生间真轻松。我看见马桶旁的一根绳子，然后使劲一拉！只听得"唰"的一声，头顶哗哗下起雨来，把我的头发和衣服打湿了一大片，我一声惨呼，慌不择路地闪在一边，疑惑地看着天花板。雨妈和朋友夫妻闻声赶来，一看，朋友当场笑翻在地。原来我拉的绳子是他们淋浴的开关，马桶的开关在下面一个十分不起眼处。

这三下一气呵成，绝不拖泥带水，我在不到十分钟内连中三次埋伏，连我自己都觉得好笑，只是头顶和上半身湿漉漉的有些别扭，时值寒冬腊月，我冻得瑟瑟发抖，新居中还没有衣物，我们只好草草地参观了一下新居，就作别朋友，在车上把空调开到最大，灰溜溜地回家去了。

我二十岁的那一年

春节回老家，像往年一样，我和哥哥去给二姐扫墓。平日安静寂寞的墓地里，这时却十分喧嚣，鞭炮声此起彼伏，烟雾缭绕，纸钱分飞，许多人也选择这个亲人团聚的时节来祭奠他们逝去的亲人。听着隆隆的鞭炮声，看着墓碑上她的名字，想起她生前的样子，她死的那年刚好三十岁，正是我二十岁的那一年。

一

高考落榜后，我在县城的一所中学上补习班。那时心情很压抑，前途一片渺茫，看不到希望。许多同学、好友收到大学录取通知书，一个个都高高兴兴地到全国各地上大学去了，我心中充满了落寞和自卑。更糟糕的是家里的情况，二姐已经卧床不起三年了，母亲想尽了一切办法，先是在县医院给她治病，没有什么效果，然后又带她到重庆最好的医院看病，却依旧没有什么起色，相反情况却一点儿一点儿恶化下去。这三年中，母亲只要打听到所谓的名医，就一定要请来给二姐看病。为了给她治病，家里的积蓄早已花光，生活十分艰难。父亲的脾气更差了，动不动就责骂我们，经常很晚才回家，我们知道他想逃避。而母亲却无法逃避，她是家里的顶梁柱，家里大大小小的事情，都是她一手操持，尤其是二姐的吃喝拉撒基本上都指望她，她垮了，我们这个家就垮了。我们尽量不去惹父亲发火，尽量帮母亲减轻负担。几年了，我们兄弟姐妹都小心翼翼，度日如年，那是怎样的一段不堪回首的日子啊！

有一天，家里人给我带信儿，告诉我说："二姐死了！"尽管早就料到迟早有这一天，但当时我还是无比的震惊，无比的悲痛，她终于走了！在和病魔抗争了三年后，还是走了！在这个世界上再也见不到她了！但转念一想，这对她来说，也许是件好事，她解脱了，母亲解脱了，我们全家人都解脱了吧！我们赶到老屋，她安详地躺在一块门板上，紧闭着双眼，枯瘦如柴，脸颊深深地陷下去，几年来，病魔已经把她折磨得不成人形。她是在傍晚时分走的，母亲要给她喝水时，发现她已经没有了呼吸。她在最后离开这个世界之前，是否怨过命运的不公？让她年仅三十岁就死于非命！？她的尸体被抬上了灵车，按照风俗，父母是不能去送葬的。我们兄弟姊妹一起送她到了火葬场，看着她的尸体被送入熔炉的那一刹那，我们齐声痛哭。那种失去亲人的切肤之痛，至今难以忘怀。她被葬在火葬场的一片公墓里，只有墓前一棵小小的松树陪着她。

二姐死后的好长一段时间，我努力地去忘记那段日子，但越想忘记，越是在梦中出现，仿佛又回到了那段艰难的岁月，不禁一下子从梦中惊醒。这么多年来，我小心翼翼地守着这段记忆，不敢轻易去碰它。二十年了，一切都淡了，我只是回老家时才去看她，站在她的坟前，有时不禁想，哎！人死了，原来就是这么化作一抔黄土。

二

二姐年长我十岁，由于年龄相差比较大，我们相处得并不多。她早早就参加了工作，却一直不顺，让母亲很操心。她个性很强，和其他兄弟姊妹的关系都处得不太好，与大姐和哥哥经常吵架，我甚至怀疑她悲惨的命运和她刚强的性格有关。但她对我却很好，不时地从她那微薄的工资中给我几元零花钱，可能是我年龄最小的缘故吧。她结婚我们都不知道，丈夫是个医生，戴着眼镜，说话轻言细语，很斯文的样子，给我的第一印象很好。当时，我觉得二姐运气不错，找到了一个好人。

我十七岁的时候，在县城的一所重点中学上高中。有一天，我们正在上早自习，班主任忽然把我叫到走廊上，告诉我家里出事了，要我赶紧回家看一看，真的没想到，那一天是我们整个家庭三年苦难生活的开始。

当我赶到中医院的时候，看见二姐躺在病床上，挂着吊针，身上缠满了绷带，命在旦夕。父亲一脸严肃，母亲早哭成了泪人儿。后来，在家人的叙述中，我逐渐知道了事情的原委。原来二姐夫喜欢赌博，把家里的钱输得精光，还和其他女人纠缠不清，二姐精神受到了强烈的刺激，从家里四楼坠下，尽管保住了性命，但可能永远站不起来了。我很惊讶，也很痛心，那个看似斯文的人，怎么会是一个赌棍呢？怎么会是这样的一个人啊！接下来的一段时间，我们家和二姐婆家闹得天翻地覆，我们甚至把二姐抬到了他们家里，但最终，照顾二姐的重担，落在了母亲的肩上。

为了给二姐治病，家里的状况日渐拮据，更糟糕的是家里的每个人都背负了沉重的思想负担，我也不例外。家庭的不幸，彻底击垮了我，我真的承受不了这突如其来的灾难。从小到大成绩一直优良的我一落千丈，并且患了比较严重的神经衰弱，始终集中不了注意力，那一年的高考我落榜了。

三

二姐去世后，我马上又面临着高考。没有时间用来悲伤，我必须静下心来，全力以赴我的前途。考上大学，在我们那个年代，在我所居住的那个小县城，几乎是当时我们绝大多数高中学子唯一的目标，也是我们摆脱贫困的唯一方式。我一定要考上大学，我要去成都，看一看这座我从小就魂牵梦萦的城市，究竟是个什么样子。我一边养病，一边用心复习，所幸我的神经衰弱有很大的好转，成绩也一直稳定在班上前几名。

高考终于结束了，等分的那些日子，无疑是焦躁和难熬的。我成天除了睡觉，就是到处瞎逛。一天从北门体育场逛回家，在中医院那条街的路口，我遇到了一个补习班的同学，他告诉我成绩下来了，我考了509分，在年级名列前茅，按往年的经验，上重点大学应该没有问题了。什么叫做狂喜呢？我想就是我当时的心情了，那可能是我至今人生中最快乐的几件事情之一了。我感到周围一片光明，所有人都洋溢着笑脸，对我充满了善意，尽管我分明记得那是一个阴天的下午。我飞奔回家，告诉了母亲，她也高兴得不得了，我相信，那一刻，一定是三年来我和她最幸福的时候。

不久，录取通知书寄到了家，真的是来自我心仪的城市里那所我心仪的大学，自然又是一阵高兴。但好景不长，兴奋之后平静下来，我发现事情还不太乐观，因为我知道，家里为了给二姐治病，已经花光了所有积蓄，而上大学，那是要一笔数额不小的钱的。去借吗？亲戚们早就从最开始的热心到怕见到母亲，借是借不来的。哎！真是这样，也没有办法，我就去外面打工好了，我年轻，有的是力气，这样既能养活自己，又可以减轻家里的负担，至于上大学，等将来条件好些了再上吧！我就这样悄悄地打定了主意。

又是印象极其深刻的一天，如此温暖，永远不会忘记。那一天，我和母亲从外面回来，在县广播电视局旁的小河边，她突然对我说："小六，妈妈知道你担心上大学的学费，不要担心，妈妈给你攒了两千元钱，你上大学够了。"短短一句话，让我这些天无比沉重的心情一下子变得那么轻！哦！原来母亲知道我一直担心，她什么都知道，她什么都给我准备好了！她怎么能让自己的儿子好不容易把大学考上了，却由于她的原因上不了大学！？我不知道她是怎么得来的这两千元钱，是她借的吗？还是她从二姐的医药费里硬生生地抽取了两千元钱？如果真是，那将是我一生的遗憾。

心终于定了，明媚的前途就在远方。终于等到了出发这一天，为了节省费用，三姐托人找了一辆便车，我和母亲早早来到车站，大包小包，连睡觉用的凉席也带上了。从没出过远门的我突然要一个人出去闯荡，母亲很是担心，一路地唠叨，一路地叮咛。同行正好有一个正在川工读大二的女生，母亲拜托她一路照顾我一下，到成都后不要迷路了，最好能把我送到学校。我的心早就飞向了远方，对外面的世界充满了好奇，同时也有一点儿害怕，外面的世界，究竟是个什么样子？！在汽车开动的一刹那，我分明看到母亲一下背过身去，用衣袖擦去她脸上的泪水。再见了！故乡！这个让我伤心欲绝的地方，直到大学毕业，我不会再回来了！再见了！妈妈！等我在外面出人头地了，我再接你过来，若有机会，我要带你去看整个世界！

四

刚好又过了二十年，我正好四十岁。一切都变了，生活早已是另一番模样。在不经意间，我有时会想起那段艰辛的岁月，它让我在经历了大悲的同时，又经历一次大喜，让我年纪轻轻一下子就承受人生的大起大落，体会截然不同的两种滋味。生活就是这样，又有谁能说得清呢？

　　朦胧中，我看到一个二十岁的瘦弱的年轻人，青涩的样子，穿着一件蓝色的中山装，戴着厚厚的眼镜，他什么都还不懂，什么世面也没见过，他甚至连远门都没出过，却怀揣着梦想，带着对未来美好生活的憧憬，笑盈盈地向我走来，那不是我吗？泪水悄悄迷失了我的双眼。

历史闲话

一

　　闲来读《史记》外戚世家，觉得蛮有意思，尽管不像将相和、鸿门宴、荆轲刺秦王等篇章写得那么跌宕起伏，精彩刺激，却也妙趣横生，让人若有所思。刘邦死后，他老婆吕后执政。这个吕雉，我对她的印象极其不好，丑陋、自私、妒忌、残忍、权欲倾心，女性美好的品德在她身上难得一见。她疯狂报复刘邦曾经宠幸过的美人，手段之残忍，令人发指，还要亲生儿子参观自己的劳动成果，结果将其吓得抑郁而终，具体我就不写了，怕污了大家的眼睛，晚上睡不着觉。

　　有一次，吕后把自己周围的一些宫女赐给各位王子。其中一个姓窦的宫女因为老家在赵国的清河县，就想被分配给赵王子，这样离娘家近点，于是她去打点专门负责分配的宦官，请求其将自己写在赵国的名单上。这件事对那位宦官来说真是小事一桩，不就在纸上写几个字嘛！于是满口答应。可到头来他偏偏忘了，将其分配到了代国，事已至此，窦宫女只好哭哭啼啼地来到了代国。读史到此，不禁唏嘘，历史真偶然啊！歪打正着，如果那个微不足道的，根本不知道姓谁名谁的太监没有忘记受托之事，中国历史和世界历史将是另一种样子吧，毕竟那个太监忘记的概率还是比较低。但这一忘，让窦宫女成了窦皇后，因为代国王子后来一不小心成了汉文帝，于是又成了汉景帝的母亲，汉武帝的奶奶。汉武帝打得匈奴向西逃窜，匈奴又打败了哥特人，哥特人又打败了日耳曼人，日耳曼人消灭了欧洲不可一世的罗马帝国，哎呀！那个太监不经意的一忘，却改变了整个世界！

历史上的蒙古，实在太厉害，征服了南宋、征服了俄国、征服了半个欧洲，整个亚洲几乎都在它的统治之下，分为四个汗国，面积达四千万平方公里，这是什么概念，我们伟大的祖国，地大物博，面积达九百六十万平方公里，还不到它的四分之一。而当时的蒙古人口不过一百多万人，难以想象啊！这是怎样一群虎狼之师。若不是因为一块小小的，并且不知从哪里飞来的石头，它的面积可能还要扩张，也许整个欧洲都要沦陷，哪里还有后来的文艺复兴，哪里有哥伦布发现美洲，哪里有今日的美国和整个欧洲文明！这不是玩笑。当然，历史可能沿着另一条轨道前行，但绝不是现在这一条！

南宋末年，蒙古大军南征，大汗亲自压阵，因为那些看似文弱的南人居然那么顽强，难么难缠，看来还得他亲自出马。在攻打重庆合川钓鱼台的战役中，久攻不下，大汗急了，亲自到前线指挥，奇迹发生了，激烈的战斗中，不知从哪里飞来一块石头，正中大汗脑门，使其身受重伤，旋即身亡。大汗身亡，各汗国的首脑，包括元世祖忽必烈，都停止进攻，赶回草原争夺大汗之位去了。大汗是唯一能镇住四大汗国的大汗，那块石头，让蒙古的各个汗国四分五裂，让风雨飘摇的南宋王朝得以苟延残喘，让欧洲的剩余部分得以保全。

大汗的运气确实有点儿背，据我所知，中国历史上在战场上身亡的帝王好像就此一人，齐桓公差点儿被管仲射死，刘邦差点儿被项羽一箭射死，刘秀在骗吃骗喝时差点儿被俘，李世民差点儿被单雄信所俘，朱元璋在鄱阳湖大战中差点儿被猛将张定边所俘，包括毛泽东也曾险象环生，但他们终究化险为夷，成就一代霸业。真是一块石头改变世界历史啊！

朱元璋建立明朝，立长子朱标为太子，朱标生性聪颖、忠厚，深得朱元璋喜爱，可惜命不长久，早丧。于是朱标的儿子朱允炆以皇太孙即位。小弟和这位仁兄的名字读音相似，对他印象很好，真希望他长命百岁，江山永固。可惜他却玩不过他的那些叔叔，尤其是四叔朱棣。为了万里江山，为了那至高无上的皇位，管你什么叔侄，管你什么亲情，于是赌博开始了，赢了的，则天下都是你的，输了的，则失去所有，包括身家性命。其中一场关键的白沟河大战，朱棣眼看顶不住了，其天子之路就要到此为止。这时晴空万里，艳阳高照，突然一阵狂风大作，飞沙走石，全往朝廷的军队这边吹来，顷刻间就把朝廷的军队吹得七零八落，溃不成军，丧失了作战能力，并且把朝廷的帅旗旗杆都吹断了，一时军心大乱，60万朝廷大军立即土崩瓦解，朱棣趁势大举进攻，在老天爷的帮助下取得了决定性的胜利。这场大战之后，朱棣挟余威之势，攻克南京，朱允炆自焚身亡（一说秘密出家）。看来，打仗前还得了解一下天气预报哟！没有那场突如其来的沙尘暴，还会有后来英明神武的明成祖吗？还会有郑和七下西洋和《永乐大典》吗？北京现在会是我们的首都吗？显然不会。

看来，历史有时还真是那么偶然，那么卑微的一个太监，那么小小的一块石头，那么莫名其妙的一场沙尘暴，却轻轻巧巧地改变了历史这艘巨轮的方向。

二

　　战国有四大名将，他们是秦国的白起和王翦；赵国的廉颇和李牧。这四人中，除了王翦结局尚可之外，其他三位都不太妙。白起被迫自刎，可能是因为他杀戮得太多了吧？其人生平杀人无数，共计一百多万，单是长平之战，就坑杀降卒四十多万人。白起号称战国屠夫，为战国四大名将之首。"一将功成万骨枯"，这句话用在他身上，真是好贴切啊！难怪他自杀前叹道：我用欺骗的手段，杀掉四十万赵国降卒，这就足够死罪了；李牧本来是战国末期赵国，甚至是六国对付秦国的最后希望，但遇到了一个昏君，被秦国的一条并不如何高明的反间计除掉，自毁长城，从此六国彻底丧失了翻盘的最后希望；廉颇尽管不是非正常死亡，但其"尚能饭否"的结局不禁让人唏嘘！秦国可真会使用反间计啊！战国时敌国最厉害的两名将领都被用此计干掉了。王翦是秦始皇统一中国的关键人物，他在残暴的秦始皇手下能够得以善终，实属不易。

　　楚汉相争，名将辈出，其中最有名的当属淮阴侯韩信了，"胯下之辱""暗度陈仓"等有名的历史典故讲的就是他。想当初，楚汉相争之时，刘邦和项羽相持不下，韩信拥兵自重，助汉则汉赢，助楚则楚胜，有人劝其自立为王，和楚汉成鼎力之势，而韩信则说："汉王待我甚厚，当相报。"始终不肯背叛刘邦，最终助刘邦围困项羽于垓下，使其四面楚歌，自杀身亡。可以说，没有韩信的相帮，最终的赢家基本可以肯定是项羽，因为项羽打仗实在是太猛了。可刘邦和他老婆吕雉却不厚道，事成之后，为了保自己皇权的周全，一直算计如何除掉韩信，因为韩信的能力实在太过厉害，打仗无一败绩，他的存在就是对自己莫大的威胁，唯有让其从这个世上消失，自己才会真正安心。最后由吕后和萧何合谋将其骗至长乐宫中的钟室杀掉！真是：狡兔死，走狗烹；飞鸟尽，良弓藏；敌国破，谋臣亡。你的利用价值完了，你也就完了。想当年，韩信逃跑，可是萧何月下追韩信，把他追回来的哟！真是"成也萧何，败也萧何"啊！

吕布号称三国第一名将，当年辕门射戟，让我佩服得五体投地，比我们现在的奥运会射击冠军还要厉害，这可是正史记载了的。其人相貌堂堂，手持方天戟，脚跨赤兔马，再搂着三国第一美人貂蝉姑娘，怎么看都是男人的楷模，可惜呀！这么高强的武艺，这么一副好皮囊，按今天的说法，叫做才貌双全，但品德却实在差强人意，有奶便是娘，是中国历史上有名的三姓家奴。哪三姓？一曰姓吕，跟他真正的老爹姓；二曰姓董，就是那个和他抢老婆的，名声比他还糟糕的董卓；三曰姓丁，认这个爹纯粹就是为了泡妞，有点儿像我们现在演艺圈的某些漂亮的女明星，为了上位，不顾廉耻，认了若干干爹。吕布这两个干爹也真够倒霉，遇到这个唯利是图的小人，最后都丧命于自己的干儿子之手。如此卑鄙龌龊、背信弃义的小人，下场自然凄惨，最终为曹操所擒，被斩白门楼。

宋代最有名的将领应该算是岳飞吧！其人文武双全，一首《满江红》真是气势磅礴，读来让人荡气回肠。历史书上说他死于秦桧之手，我小时候读《说岳全传》，对此深信不疑，因此对秦桧等一帮奸臣恨之入骨。长大后品味历史，突然发现，那只是谎言罢了，他分明死于宋高宗手里嘛！宋金苟合后，宋高宗派人接回了父亲宋徽宗的遗骸和尚在人世的母亲，却偏偏仍然让他那个尚还苟活于人世的宋钦宗哥哥留在东北，此意多明显！他母亲临走时，宋钦宗跑过去抱住车辕痛哭流涕，哀求说："回去告诉九弟，他只要把我接回去，我愿意出家当道士，三间草屋，两亩薄田，我绝不跟他争皇位。"结果到死他也没有回到南宋。而岳飞偏偏要直捣黄龙，迎回二帝，你说他要把宋高宗的位置往哪儿搁？于是，岳飞的死，是一个注定的结局。

在大明的开国将领中，徐达和常遇春被称为"双子星座"，毫不夸张，朱元璋的大部分天下都是这两个人打下来的。常遇春尽管早丧，不到四十岁就去世了，但好歹是正常寿终正寝，自然死亡，但明朝第一名将徐达就没有那么幸运了，民间传说徐达背上长疮，不能吃发物，朱元璋偏偏送蒸鹅让徐达吃，徐达含泪吃了这只鹅，吃完之后，疮崩而死。这个传说我是信的，纵观老朱所作所为，结合其残暴的本性，徐达在劫难逃。胡惟庸一案，杀掉胡惟庸及其党羽两万多人，连开国第一文臣李善长也牵涉其中，最后被赐自尽。其实李善长当时已经七十多岁，他还谋什么反？谋反他又能当几年皇上。蓝玉一案，又杀掉一万五千多人，这样一来，明朝开国的文臣武将被一扫而光，连那个被吹得神乎其神的刘伯温也差点儿被干掉，最后抑郁而死。本来我也姓朱，对朱元璋有先天性的好感，但了解了这些历史之后，对他的好印象一下就消失殆尽，徐达可是他从庙里面还俗以来，一直追随他的铁哥们儿啊！况且自始至终对他忠心耿耿，还立下了那么大的功劳，他还是要下手除去，真是没有人性啊！

看来，名将的结局多不妙，他们大部分都是被自己的老板所杀，伴君如伴虎，此言不差呀！

不得不崇拜起宋太祖赵匡胤来。同样的开国之君，一招杯酒释兵权，实在是高！让手下大将石守信、高怀德等人心甘情愿地解除自己的兵权，让这些和他一起出生入死打天下的老哥们儿解甲归田，但金钱美女，锦衣玉食，大大地供应，真是太可爱了，没有残酷的杀戮，不流一滴血便轻轻地解除了拥兵大将对皇权的威胁，达到了同样的目的，何必要赶尽杀绝呢！

三

我不知道为什么历史上要把项羽称作英雄，有那么多作品来赞美他，把他写得如此可爱，就连他死之前，和虞姬的缠绵分离，也写得他有情有义，仿佛他是多么善良的一个人，自刎乌江时也写得如此悲壮，让人心生怜悯。其实，他分明是个杀人不眨眼的恶魔嘛！每次看到和其相关的东西，我都有这样的疑问。当初，项羽破釜沉舟，击败秦朝的军队，俘虏二十多万人，全部坑杀。只留下三位将领：章邯、长史欣、都尉翳。那可是二十万鲜活的生命啊！他们也有父母妻儿，正在家中殷切地等着他们回来，何况他们已经放下武器投降了，但还是被无情地虐杀，想起来就不寒而栗！我们公司有三百多人，每次年终开大会，由于公司内部的会议室比较小，坐不下，都要到外面找一个很大的宾馆的会议室，黑压压地坐了满屋子的人，觉得好多人，可是，如果是二十万呢？那得坐多少这样的大会议室？而且是全部杀掉！居然还被当作英雄人物顶礼膜拜！还博得了那么多后人的同情，我实在无法理解。

曹操，这个中国历史上有名的奸雄，屠城杀的人绝对不比项羽少，曹操屠过城，不是一次，而是好几次，攻陶谦，屠徐州；破张邈，屠雍城；征吕布，屠彭城；官渡之战，坑杀袁绍降兵七万；攻袁尚，屠邺城；征乌丸，屠柳城。所过之处，鸡犬不留。那些放下武器的降兵，那些手无寸铁的老弱妇孺，他们有什么错？他们是多么的无辜，却被无情地被屠杀！真是丧尽天良！小时候最喜欢读三国演义，四十八本连环画不知看过多少遍了，现在又有什么易中天品三国、水煮三国，好像那真是一个伟大的时代！我有时就想，要是自己也生活在这样一个伟大的时代就好了，意气风发，建功立业，说不定还能封王封侯。后来才知道，这个时代其实不太好，简直是大大的不妙！一点儿也不好玩，三国其实只是看起来很美。东汉桓帝时全国人口大概五千万万，经过黄巾起义和三国混战，公元208年赤壁大战后的全国人口只剩下了一百四十万（一说七百万，此数应该较为准确），九百六十万平方公里的神州大地，六平方公里还不到一人！真是触目惊心啊！我们现在成都市的人口，还不算郊县，就有将近一千万。"宁做太平犬，不做乱世人。"此言不虚。看来，像我这样一个文弱的人，到了那个年代，毫不怀疑，早就变成刀下鬼了，说不定就是在曹操的某次屠城中被稀里糊涂地干掉，还想建功立业，做梦！

四

西周最后一个国王是周幽王，这哥们儿得到了一个漂亮的姑娘，爱不释手，但这位姑娘是个冷美人，老是很忧郁的样子，从来不笑一下，周幽王很郁闷。为博红颜一笑，周幽王想尽了办法，最后想了一个馊得不能再馊的主意，就是在烽火台点烽火，诸侯们见了，以为国王有危险了，就赶快带领人马前来救驾，到了一看，原来是在耍他们！大家骂骂咧咧地都回去了。姑娘不明就里，看着底下乱哄哄的样子就问周幽王怎么回事，幽王就一五一十地告诉了她，这位姑娘居然真的笑了，周幽王高兴得不得了，居然把王后和太子都废了，立此姑娘为后。王后的老爸气坏了，就联合犬戎进攻都城，周幽王惊慌失措，赶紧又在烽火台点火，盼望诸侯去救他，但诸侯们心道：我们又不是傻子，还给你耍，估计他们都读过狼来了这个故事。于是去救驾的一个也没有，结果很正常，西周灭亡，东周（春秋战国）开始。这周幽王倒是一个情种，为了博心爱女人一笑，居然开这么大的玩笑，拿军队做儿戏，这样做，如果还不亡国，道理上就讲不过去了。这是一个因为美丽的女人亡国的典型。

唐代诗人杜牧有诗云："折戟沉沙铁未销，自将磨洗认前朝。东风不与周郎便，铜雀春深锁二乔。"说的就是如果赤壁之战没有东风相助周瑜，那么，曹操大军必定踏平江南，那两个著名的美人大小二乔，一个是孙权的嫂嫂，一个是周瑜的老婆，必定被曹操所俘，送入他早就建好的铜雀台。我以为杜牧的诗并没有开玩笑，大小二乔被俘那是必然，人类历史上的杀戮和争夺，几乎无一例外，都是为了财富、权利和美丽的女人，除非大小二乔以死殉夫，但纵观历史这样的概率太小，因为女子的三从四德好像是从宋代朱熹以来才兴起来的，连李世民那样的明君在和其兄长争夺皇位取得胜利后，就毫不犹豫地把其兄长的老婆据为己有，更何况大小二乔还是敌人的老婆。宋太宗征服江南，自然而然将李后主的两个漂亮老婆大小周后收入囊中。那个李后主，就是写"春花秋月何时了""帘外雨潺潺，春意阑珊"的那位哥们儿，读来让人潸然泪下，其艺术水准之高，直逼东坡居士，可惜错生帝王家，不是一块当皇帝的料，在和宋太宗的对决中，不禁输掉了自己的财富、权利、女人，还有自己的身家性命。美丽的女人，总是在胜利者之间转悠，根本没有自己的决定权。

想当年，唐玄宗李隆基是多么的英明神武，坚毅果敢啊！诛韦后，擒太平，建立了中国历史上最为辉煌的开元盛世，我一直以为那是中国古代发展的顶峰。可惜，一旦遇到这个胖乎乎的杨贵妃，全完了。况且，杨贵妃可是他的儿媳啊！为了自己的淫欲，什么伦理道德，全不顾了，他毫不犹豫地将其纳为己有，于是一切都变了，唐玄宗完全变成了另一个人，以前的英武睿智变成了懦弱昏聩，连安禄山那么明显的反叛，开始他居然还不相信，直到打过来了，才仓促应战，导致损兵折将，一溃千里。从李渊公元618年建立唐朝开始，到公元755年安史之乱，区区八年，便弄得一百多年的发展毁于一旦，实在让人痛惜！杜甫有诗云："岐王宅里寻常见，崔九唐前几度闻，正是江南好风景，落花时节又逢君。"这首讲安史之乱前后景象的诗，读来实在让人心碎。"在天愿做比翼鸟，在地愿为连理枝。"杨贵妃最后魂丧马嵬坡。之后，唐朝尽管有短暂的复兴，但那不过是苟延残喘，拖延时间而已。看来，说大唐王朝的崩溃源于胖美人杨玉环也是有一定的道理啊！我们改革开放到现在，才发展三十多年，就取得了这么大的成就，如果像唐朝一样就这么平稳的发展一百多年呢？那该是多么的富庶和辉煌！真是难以想象。直到现在，我们还以唐人自居，唐装、唐人街，甚至还有一首流行歌曲名叫《梦回唐朝》，我们真的是唐朝的后人！

　　明末清初，天下大乱，民不聊生，李自成率众起义，九死一生，最后攻克北京，崇祯帝吊死煤山，明朝灭亡。创业多艰难啊！李自成在最困难之时，身边只有十几个人跟随，但终于熬过来了。本来天下从此姓李，大顺王朝说不定也会像明朝一样，传他个一二十代，但屁股还没坐热，就被清兵赶出北京城，功败垂成，实在让人惋惜，李自成最后殒命九宫山，中国历史上好像还没有这么短命的王朝。吴梅村有诗云："恸哭六军俱缟素，冲冠一怒为红颜。"这个红颜，就是金庸笔下那个美得让见着她的士兵们刀枪都拿不稳，稀里哗啦掉一地的陈圆圆，那自然是夸张的玩笑，但其貌美如花可见一斑，常言道："英雄难过美人关。"李自成见其容颜，不禁为之神魂颠倒，把持不住，要坐怀不乱，可就难咯！于是夜夜欢歌，朝纲大乱，金老先生还有意杜撰出一个名叫阿珂的他们的私生女来，把韦小宝勾引得颠三倒四，不能自已。这一下就捅了马蜂窝，原来这陈圆圆的老公就是吴三桂。吴三桂拥兵四万，坐镇山海关，这可是大明最为精锐的四万大军，专门用来防止清兵入关的。本来他已经来北京投诚李自成了，走到半路，却听说自己心爱的女人被人家霸占了，不禁勃然大怒，还投什么降哟！宁愿当大汉奸！也要出这一口恶气！于是马上反过来向清朝投降，清兵入关，历史从此改写。看来这个主角还真是陈圆圆啊！不仅毁了一个顶天立地的英雄好汉，一个刚刚建立的新王朝，还把自己的老公也整成了历史上有名的大汉奸，后世可能只有汪精卫能够和他一较高下了，美丽的女人就是最厉害的武器，此言不差呀！

　　看来，从古到今，美丽的女人总是具有巨大的威力。这些美丽的女人，或多或少地改变了历史的进程。

　　常言道：红颜祸水。不过，女人们可能会说：明明是你们男人贪欲好色，经不起诱惑，却怎么怪到我们女人头上了？男人们则说：谁叫你长得那么漂亮，让我们无法抵挡！这真是一个难以回答的问题，到底是因为男人的贪欲，还是因为女人美丽的错误？

历史就是这样，不能退回，不能假设，既有趣，又残酷，既捉摸不定，又有规律可循。但最为重要的是，历史是可以借鉴的，唐太宗李世民说："以古为镜，可知兴替。"是啊！犯过的错误，我们今后不要再犯，好的方面，我们继续发扬光大，我想，这才是我们学习和研究历史的最大意义。

（我只是一个历史爱好者，可能有的历史不太准确，看官权当故事读好了，不要当真。）

重返电子科技大学

前些天，雨儿妈的大学同学海鹰带着儿子来成都玩，雨儿妈很高兴，她们是大学同班同学，并且同寝室，关系不错，毕业后就再也没有见过面。在火车站，我们接到了海鹰母子，那个印象中上大学时胖乎乎的，略带一点儿天真和傻气的小姑娘不见了，取而代之的是一个身材苗条，略带风霜，精干的中年职业女性，外表的巨大变化不由得让我吃了一惊。我们全家十分殷勤地接待了他们母子。老同学见了面，都开心得不得了，很多年不见，都已拖家带口，恍若隔世。我义不容辞地当起了车夫，负责开车带他们到处玩耍，其中有一个地方是一定要去的，那就是我们共同的母校：电子科技大学。

记得上一次回母校，还是几年前的一个深秋，我和雨儿妈专门陪雨儿到电子科大，去看母校有名的银杏树和满地金黄的落叶。雨儿还站在银杏树下，抱着他的洋娃娃照了一张相，乖得不得了，做了我办公电脑的桌面好长一段时间。海鹰离开母校已经十四年了，这次是头一回回母校，我们看得出她的高兴和激动，而我也正好趁这个机会去再次感受一下多年以前我在母校那一段难忘的生活。

吃过午饭，我们一家人、海鹰母子，还有她们在成都的另一个老同学，一行人兴高采烈地向电子科大进发。到了沙河，沿着河边，老远就看见东院那座桥，海鹰激动起来，大家开始七嘴八舌地高谈阔论，而我最熟悉的却是桥边的创闲，哪里是我们当年的活动中心，印象中最深的是我和同宿舍的包子和老袁，我们三个在创闲通宵打台球的情形。

进了校门，正值放暑假的时候，学校里稀稀拉拉的没几个人。雨儿妈提议顺着校园逆时针走一圈感受一下，这个主意不错，大家一致赞成。

第一栋建筑就是学校唯一的一栋女生宿舍了，以前这栋楼周围都用围墙围起来，现在围墙都被拆掉了，和平常的喧嚣相比，显得十分冷清。我们学校女生少得可怜，我们班二十三个人，只有一个女生，简直就像大熊猫一样。这里是去学校食堂的必经之地，每到中午和下午吃饭的时候，女生宿舍大门前就热闹非凡，许多男生围在这里，就像花儿吸引蜜蜂一样。有的男生手拿吉他，四平八稳地坐在女生宿舍的大门口，旁若无人，忘情地弹奏。我现在还记得有一天中午，我打饭回来，路过女生宿舍，看见一个男生正在弹奏"敖包相会"，吸引我在那里站了好长一段时间，弹得真好。海鹰和雨儿妈在这里驻足良久，兴奋地谈起当年的往事。毫无疑问，这里是她们大学生活里最难忘的地方。

过去不远处就是第十栋了，我们的宿舍就在这一栋，我在这里留下了太多的记忆。可惜这栋楼早已被拆了，修成了篮球场，我们的宿舍就在底楼最角落，靠近马路边。我记得有一天中午吃饭，从窗户对面走来几个中年人，在窗户前指指点点，只听得一个人说："你们看，那一个就是我当年的铺。"我顺着他指的方向看过去，他指的是我的上铺老幺的铺，原来是几个老校友故地重游。如今，我也故地重游，可惜那个在我大学中最珍贵的地方却不在了，只能在记忆中还保留当时的样子。

我们宿舍八个人，关系总体不错，但也有一些不开心的事。老大是个音乐发烧友，吉他爱好者，经常在宿舍里弄得叮当响，我们可就惨了，忍受没完没了的噪音。老大还有一个特点，就是晚上熄灯后开始练吉他，拖一根板凳到走廊，然后拉开架势，一边弹吉他一边动情地唱他自己写的歌："喝酒！流泪！一个人去远方流浪……"Oh！My god！说实话，真的不好听，我不得不经常在那一段时间带一本书出去，在老体育馆的路灯下看小说和历史等自己喜欢的书，最多的是《史记》，其中有一次读《李将军列传》曾把我深深地打动。直到现在，我对古文的偏爱相对于现代文还是要多些，可能就是源于那时的缘故。直到觉得老大应该"偃旗息鼓"了，我才回宿舍。当年的不快早已淡忘，我们现在关系还不错，有时候还联系。

我到成都见到的我们宿舍第一个同学是包子。那一天，母亲把我送上车，经过二十多个小时的颠簸，来到了成都，到了宿舍，一个人也没有，过了一阵，一个十六七岁的少年，精明干练的样子，抱着一大包东西，匆匆忙忙地走进来，见到我说，他是给他哥搬东西过来的，然后就爬到我对面的上铺开始整理床铺。前一段时间看湖南卫视的节目"我是歌手"，好着迷，其中最后一场给尚雯婕伴奏的那个小提琴手，就是他，那个青涩的少年，如今已经成了国内颇有名气的小提琴家，没想到我来成都的第一天，在我们宿舍见到的第一个人居然是他，之后包子才姗姗而来。

丝瓜说他从小到大从来没见过山，我当时无论如何也不相信，因为我没来成都之前，故乡一抬头满眼都是山。当我大学毕业后第一次出川，火车飞驰在一望无际的平原上，几个小时连一个小山包也看不见，才发现他的话是多么的正确。我当时和他关系很好，可能是我们都来自比较贫困的小地方吧，不过好像他和其他室友的关系都处得挺好，他是一个性格很柔和的人。毕业后，他入了伍，去了酒泉卫星发射中心，一晃就是十六年。今年春节，他带着妻儿来成都，我们成都的同学专门给他接风洗尘，聊得甚欢，没想到他已经升到副师级了，我们一脸崇拜，好大的官呀！真是让人刮目相看！只是举手投足，说话的语气还是原来的老样子。

老万是我们的班长，人高马大，相貌堂堂，但却不是绣花枕头，头脑非常灵活，住在我的对面。刚入学那阵，我们宿舍除了他，没有一个抽烟喝酒的，他隔三差五地给我们递上一支烟，临到毕业，宿舍里大部分都学会了抽烟喝酒，而他居然不抽烟了，真是太过分了呀！

老幺住我的上铺，我到宿舍那天下午，进来一个大部队，原来是他父母、叔伯亲自从广东来学校送他，我和他们闲聊，他爸还一直夸我普通话讲得好，现在想起来不禁脸红，但当时和他们的普通话比较起来我的"川普"无疑还是要好很多。有一天，突然听说他爸死了！是出意外死的，我们都很震惊，他本来是个活泼开朗的年轻人，单纯得不谙世事，是父母手中的掌上明珠，从入校那么多亲人从广东亲自送他到成都来报道就可以看得出来。没想到天一下子塌下来，突然没有了深爱他的父亲，他怎么知道回家的路！家庭的不幸，让他一下沉默寡言下去，此后好长一段时间，他不时地从梦中惊醒，然后哇哇大叫两声，把我们全宿舍都吵醒。经历这种残酷，我们也没有办法，只能小心地安慰他。生活总是充满了无奈和艰辛，我也经历过失去亲人的切肤之痛，好歹一切终于都过去了，毕业后，我们再也没有联系到他。

其他宿舍的同学不时会来我们宿舍串门，有一次，二楼的柯帅来我们宿舍，得意扬扬从口袋里摸出一包红塔山给我们，我们都笑骂这小子居然抽得起红塔山，因为我们平常只抽得起两元钱一包的五牛，大家装模作样地品尝起来，一副老经世故的样子。其实烟这个东西，我是后来遇到了一些不顺，才真正体会到它的威力，想彻底和它一刀两断，已经很难了。柯帅这些年来一直坎坷，从美国回来，我们成都的同学给他接风洗尘，那一天晚上，我们都喝了好多酒，大家都真情流露，我也心甘情愿地醉了一回。柯帅，其实不要紧的，困难只是暂时，不要妄自菲薄，每个人都是一块黄金，在他适合的领域，迟早都会发光。

如今，大学同学早就各奔天涯，有幸的是我们好几个留在了成都，隔三差五地还会相聚。上个月，我和包子，老万，柯帅，还有一个小我们几届的校友，我们几个老同学一起去现场看丁俊晖在成都的台球比赛，我是小丁的老球迷，能够现场欣赏小丁超凡的球技让我非常激动，那种感觉真好，其实更好的是我们几个老同学在一起的美好时光。

过了第十栋，向左拐一个弯，前面就是当年的青年商店，旁边是一家面馆，现在变成了红旗连锁超市。我从小胸无大志，那时我最大的理想就是毕业后在学校旁边开一家和青年商店一般规模的零售店，衣食无忧，然后做自己喜欢做的事，平平淡淡地过日子。我追雨儿妈那阵，雨儿妈喜欢吃那家面馆的酸菜肉丝面，她跟我说来成都之后才知道世上竟有这么多好吃的东西，这么好吃的面。我经常事先来到面馆，看到她来了，心不禁怦怦直跳，却装作若无其事的样子，说："这么巧！又遇到你了，请你吃酸菜肉丝面！"后来，我得意扬扬地向她吹嘘我们的"偶遇"，没想到她说："我早知道你的歪主意，不过其实我对你也有好感，是故意专门去的哟！"我不禁一时语塞，哦！原来是这样，青年男女本能的相互吸引，与生俱来，冥冥之中早就有一个人在那里等你。我这个人年轻的时候一点儿都不相信缘分，但当我和她在一起生活了十七年，我才恍然发现，我这一生，只为她而来。她还告诉我：她当年的梦想就是开一家面馆，和青年商店旁的那家一样，看来，我们的梦想，那时候就是如此的接近啊！

青年商店的对面是一片露天乒乓球台，可惜早就不见了，取而代之的是一片崭新的体育场，这里凝聚了我太多的欢乐，我和雨儿妈也是在这里相遇。进了大学，原来并不是中学老师所说地进了人间天堂，根本不是那么回事。新鲜感一过，便百无聊赖，尤其是对我们这种从小县城来的，家庭相对贫困的学生来说，剩下的就只是孤独和难熬。幸好有这一片露天球台，我的大部分课后时光都在这里度过，我在这里结识了太多志趣相投的朋友。怪哥、康哥、泉哥、兵哥、韵哥、超哥，还有好多，他们的神情样貌直到现在还历历在目。下午课后，我们要做的第一件事，就是直奔球台，常常打球到天黑，实在看不见了，才鸣锣收兵，然后几个朋友去学校食堂炒两个小炒，有时还叫上一瓶啤酒，大家一边喝酒，一边畅谈技术上的得失，多么快乐啊！可惜现在这种感觉再也找不到了。毕业后，我离开成都去济南那天，十多名球友一起赶公交车，浩浩荡荡地到火车站为我送行，让我现在想起来还非常感动。本来说好大家不哭的，到头来却哭得稀里哗啦。他们中大部分我再也没见过，可能这一辈子再也见不着了。

继续往前走，就是学校有名的银杏林了，每年的深秋，银杏树叶子金黄的时候，周围的人都会慕名而来，甚至有的年轻的夫妻也会来这里拍婚纱照。我们都很奇怪，这些树已经存活好几十年了，当年我们在学校念书的时候，显然已经在这里，为什么那时候我们就体会不到它的美呢？

五系楼是我们的系楼，我们的专业课大都在这里上的。以前的专业课早就忘得精光，只留下一些零零碎碎的片段。比如彩色电视的三色原理，电子显像管的成像原理。其中有几件事情印象比较深。大二开模拟电路课程，是一个胖胖的老师，说话雷霆万钧。期末考试，题目难得过分，最后全班只有两个人及格，而学校规定不及格的课程第二年要重修，很头疼，我们私下里都叫他"变态"。也不知道是谁提议去贿赂一下胖老师，大家齐口赞成，但学生能有什么钱呢？大家七嘴八舌，商量办法，最后凑钱买了一篮水果，记不清谁带队了，大家羞涩地来到老师家，放了水果就逃之夭夭了，最后全班统一加二十分，结果还有两个不及格。还有一次，有一天早晨起床后，第一堂课就是线性代数，我才发现上次课老师布置的试卷还没有做，而这次开卷作业非常重要，老师说在这门课的最后成绩占比很大，我赶紧请老大把试卷借给我，慌不择路地抄起来。还好，最后关头搞定！虚惊一场！下一堂线性代数课，试卷发下来，却没有我的试卷，老师在讲台上说："有的同学也太过分了，你抄就抄嘛！居然把人家的名字也抄上去了！"全班一阵哄堂大笑，我老脸一阵通红，尽管大家不知道说的是谁，但我却清清楚楚地知道那是在说我。哎！真是又好笑又羞愧！我们的第一堂计算机上机课也是在五系楼上的，那时候的电脑还是286，学校最高级的386电脑只有计算机系的机房才有，但我已经觉得好高级了。机房里几乎全是男生，来自重庆的一个同学带着一群男生在机房的一个角落里悄悄地看情色图片，原来女人的身体就是这个样子呀！我不禁口干舌燥，再看一下周围几个，原来大家一个样。

拐过一个弯，来到了图书馆。说来惭愧，大学四年我来这里报到的时间可真不多，即使来这里，也是到楼上的阅览室看杂志，或者借小说和文学作品，印象中还没有借过专业资料。但每次临到考试前一个月左右，我就经常来这里报到了，我们宿舍大部分人都是这样。冬天冷，就派一个人早起，图书馆一开门就进去占位置，大部队不慌不忙地吃过早饭，才慢吞吞地到图书馆去。临时报佛脚还真管用，我的所有课程都是这样顺利过关的，但说实话，要说是否学到了知识，还真的没有，所有课程都只是了解了一个大概，现在想起来还挺后悔，感觉虚度了光阴，我不知道现在的学生是否还是这样。工作后，从济南回到成都，我居然经常到学校的图书馆上自习，但和以前完全不一样了，完全是自己要学，精力特别集中，效果也很好。

再往前走就是主楼了，主楼连绵一百多米，正对着校门，十分气派，是学校最老的建筑之一。我们当年在主楼的时间不多，只有上大课才来这里，但我在大学期间打的几份工大都是在主楼的阶梯教室找到的。大二的时候，有一次外面的公司来学校找学生发药品广告报纸，找了十多个人，我也有幸在其中，每天下午课后和周末，我们都骑着自行车，穿梭在成都的大街小巷，或者给行人发，或者把广告夹在别人家的门缝里，那时人年轻，也不觉得有多辛苦，这项工作做了将近一个月，最后领了八十多元钱，拿到钱的那一刹那，心里甭提多高兴了，这是我在大学打的第一份工，钱不多，但是自己辛勤劳动所得，感觉实在不错。如今，每次在大街上看到那些发广告的人，许多人都讨厌他们，但我都会从他们的手中轻轻地接过广告，因为每次我都会情不自禁地回想起我当年站在大街上发药品广告的情形来。

　　还有一份工作是在学校附近的一号桥找到的。我和同宿舍的"女人"（吕仁文）先是在建设路那边摆摊，几天却无人问津，就转战到一号桥，终于一个路过的中年女人来找家教，最后挑选了我。她家里有一个上初二的小女孩，成绩很不好，在班上排倒数几名。他们家很富裕，父母文化都不高，父亲在外包建筑工程，母亲是家庭妇女。我的薪水是一个月两百元钱，高得连自己都有点儿受不了。但小女孩太难教了，处于叛逆期，不爱学习，只爱打扮，对我很有抵触心理，经常把我气得不行。她那时特别喜欢张信哲，听不得一点儿他的坏话，有一次我不小心说张信哲的声音太尖了，有点儿像女人的声音，结果捅到了马蜂窝，她拼死拼活要赶我走，我不得不向她道了歉，最后好歹留下来。说实话，我很大一部分原因是冲着这份不菲的薪水去的，但我还是由衷地希望把小女孩教好，提高她的成绩，以便对得起这份薪水和自己的良心。但有一次不知是什么原因，小女孩的父亲狠狠地打了她一顿，小女孩却把矛头完全对准了我，好像是我害了她，一边挨打一边骂我，非常难听，我气得火冒三丈，差点儿晕倒，我可是全心全意教你的老师啊！我的状况把她父母吓住了，要送我去医院，路上才慢慢平复下来，就直接委屈地回到了学校。经过这件事，自然没办法继续了，时间持续了三个月左右。当年的小女孩现在不知怎样了，还那么任性吗？算来也应该三十四五岁了吧？应该早做了母亲，也许她的孩子再过几年也该上初二了吧。

主楼的对面就是南院，学校有一部分教师的宿舍就在这里。当年那条街上有一家味道不错的牛肉面馆，我有时候会去打个牙祭。有一次吃了面后去华联商场，路上遇到一个女乞丐，一身很脏，抱着一个两三岁的孩子，拦着我说她和她的孩子从外地来成都找亲戚，却找不到地方，已经饿了几天了，希望我给她的孩子买一碗牛肉面吃。我犹豫了一下，就带着她们母女返回到面馆，给她们买了两碗面，然后又把身上仅有的十五元钱全给了她，尽管费了不少钱，但在回学校的路上，我心里真的很快乐。回来后，同学却说那个女人有可能是个骗子，弄得我郁闷了好久，一个人怎么能拿别人的善良来欺骗呢？直到今天我还不能判断那个女人到底是不是真正的乞丐，但那已经不重要了，关键的是在我自己，我做了一件我自认为很对的事，这种对待他人的态度，这么多年来，一直没有改变。

主楼的不远处是新楼，其实到现在一点儿都不新了。我们几个对这栋楼都很有感情，因为我们有将近一半的课都是在这里上的，平常晚自习也经常来这里。我对他们说："走，我们进去看一下。"几个人叽叽嘎嘎地进了大楼，尤其是两个小朋友更是大声，却看见里面有人上来叫我们小声点，原来居然还有人正在上课！我们找了一间教室，轻手轻脚地走进去，然后装模作样地坐在教室里，重温当年在这里上课的情景。我还故意走到讲台上对着她们指手画脚，一切都没有变，连那老式的黑板还是当年的样子，只是我们变得太多了。

新楼的旁边是学校的计算机中心，我有时候也带着几张 UCDOS 和

WPS 的磁盘去机房上机，学一些基本的计算机知识。计算机系当年是学校最牛的专业，那时我是多么的羡慕他们啊！后来，一不小心，我居然也从事了这个行业，并且为之痴迷，总以为那是天下最神圣的职业，什么职业也比不上，当然现在早就不这样认为了。更没想到的是多年以后，我居然成了公司计算机部门的经理，成了几个计算机专业毕业的兄弟的小头目，真是世事难料啊！我现在还清楚地记得当年努力学计算机的情形。有一次我得到了一本讲 IBM 小型机 DB2 数据库的书，就迫不及待地坐在永丰立交桥下，津津有味地读起来，旁边来来往往的行人和车辆，惘若未闻。后来，又去考 IBM 的程序员，六百多页的大部头啊！并且全是英文，硬是一点儿一点儿啃下来了，之后顺利地通过了考试。现在想起来，那时心无旁骛，为了谋生，为了成为公司的技术骨干，什么苦也吃得下来，并且乐在其中，痛苦也是快乐。现在早已不复当年之勇，没有了年轻时的冲劲，有时甚至怀疑自己年轻时那次重要的选择是否正确，让自己现在的发展遇到难以克服的困境，但不管怎样，它毕竟是自己一生中几个最重要的选择之一。

我们花了两个多小时，围着学校转了一圈，一路上大家叽叽嘎嘎，述说着当年在母校的情形，尤其是海鹰，多年以后重新回到曾经熟悉的校园，看得出她的兴奋和激动。我想，这十多年来，在她的心中，母校的影子，自己一段最珍贵的青春，会不时萦绕在她心头吧，同时，我们也看得出她对我们的感激，陪她时隔多年重返母校，她要我们夫妻如果去南京，一定要去找她。其实我又何尝不感激她，好像这么多年来，我还是头一次和当年的校友同游母校，让我有机会重温当年的旧梦，那时候身在其中还不觉得，只是觉得时间是那么的缓慢和漫长，自己浑浑噩噩的就度过了大学时光，待过了很久，才突然发现那些曾经的日子是那么的珍贵和难忘。

庙 宇

一

去年的秋天，我来到了向往已久的庐山，果然名不虚传！如琴湖、三
叠泉、白鹿洞书院、庐山会议旧址……自然的、人文的，一切都美得都那
么自然，那么符合逻辑，仿佛在说如果美得不上点儿档次，如何对得起世
界遗产这么大的名声呢？回来之后，心里面却有些奇怪，隐隐地发觉留在
我心中最深的不是庐山那些美丽的风景，那些名声显赫的人文遗迹，相
反，居然只是一座冷冷清清、香火寂寥的寺庙，这是什么缘故？连我自己
都觉得奇怪。

我这个人有个不好的习惯，出去旅游总喜欢孤家寡人，并且基本上不
跟团，无拘无束，说走就走，想停就停。我在庐山待了三天，最后一站是
久负盛名的东林寺，如果有时间，顺便也去看一下西林寺吧。庐山离东林
寺还有一段距离，第二天中午，我包了一辆面包车，径直往东林寺而去。

　　这绝对是我见过的一座最精致的寺庙，精致得让人觉得有一些做作。里面的建筑金碧辉煌，十分气派；雕像惟妙惟肖，让人赏心悦目；风景十分迷人，时值深秋，却到处开满了鲜花。香火也旺得很，里面的僧人一个个都气色很好，有的还正在玩着时下最流行的手机。到处都是前来观光和上香的游客，其中还有不少外国人。我舒舒服服地在里面闲逛了好几个小时，东林寺的美实在超过了我的预期，真让人感到意外和惊喜。

　　看完东林寺，已经快下午五点了，我十分满足，还去看西林寺吗？我有些犹豫。我对西林寺没抱太大的希望，难道它还能好过东林寺吗？时间也不早了，我还要到九江去赶回成都的火车。可西林寺就在旁边，来就来了，还是去看一下吧，况且我还想看一看那首诗。

　　果不其然，走进西林寺的大门，里面冷冷清清，除了庙里的僧人和到庙里来修行的几个居士，几乎只剩下我一个看客。我不禁杞人忧天地想：没两个游客，这么大的门面，怎么支撑得下去？这里的和尚们见了旁边东林寺的香火之盛，仅仅一墙之隔，他们也会妒忌眼红吗？不过景色还不错，又安静整洁，我就这样悠闲地四处闲逛。

　　在寺庙的最后面，我看见了一座高耸的古塔，一个和尚正绕着塔转圈，走近一看，居然是个年轻的尼姑。她双手合十，口中念念有词，模样十分专注。我不禁有点儿好奇，于是就站在十米开外，看着她一圈一圈地转着，那么虔诚和认真。我足足站了十分钟，内心突然闪过一阵莫名的感动，她寂寞吗？年纪轻轻就长年伴着青灯；她幸福吗？生活是如此的清苦，也许在我们心中她看似单调无聊的生活，在她的心中，却远远胜过世俗的五光十色，幸福真的只是一种心灵体验啊！我不禁痴了。

　　夕阳西下，照着斑驳的古塔，一个双手合十、虔诚绕塔而行的青年尼姑，旁边立着一个远道而来痴痴的看客。

　　突然，我发现在她的旁边，赫然立着一块碑匾："横看成岭侧成峰，远近高低各不同。不识庐山真面目，只缘身在此山中。题西林壁 宋 苏轼"，原来在这里！东坡居士就是在这里写下了这首诗，多么不显眼的一个地方，多么奇妙啊！只要你是中国人，对我们的文化稍有了解，都理所当然应该知道这首诗，它已经深入了我们中国人的骨髓。一刹那，我忽然觉得，西林寺在我心中的分量远远超过了东林寺，那块冷冷清清立在那里的石碑，足矣！

后来，我固执地认为，只要稍有品位的人都应该承认，即使西林寺里面只剩下残墙破瓦，即使里面的和尚尼姑穷得揭不开锅，只要在它里面有这样一块碑，碑上有这样一首诗，还有一个绕塔而行的虔诚的心灵，西林寺的档次就要高过东林寺，尽管东林寺看似那么的漂亮与繁华。

有时候，寂寞也是一种美，只要你的内心安宁。

二

不知从什么时候开始，喜欢上了逛寺庙，庙里面一般都很干净整洁，景色宜人。更主要的是，每次我进到寺庙里面，烦躁骚动的内心一下子就变得平和与安宁。

好几年了，从雨儿出生的那一年开始，每年的大年初一，我们全家都要去大慈寺，那里是玄奘大师出家的地方。大慈寺人山人海，热闹非凡，有的和我岳母一样，虔诚来此烧香拜佛，祈求一家人平安幸福；有的来此讨个吉利，只是为了求得来年好运；也有的和我一样，纯粹作为一个陪客。在岳母虔诚地一个一个烧香拜佛的时候，雨儿也装模作样地学着她磕头，这几年，都是外婆带他，祖孙俩关系十分亲密。

岳母年轻时是一个纸厂的工人，主要工作是铲煤，负责把地上堆着的煤一铲一铲地运上卡车，每天都累得筋疲力尽，一个女人干这么重的体力活，又赚不了几个钱，下班后，还有忙不完的家务。更要命的是在她四十多岁的时候，厂子效益不好，倒闭了，她也失业了，只好到处打些零工。祸不单行，在雨妈大三的时候，岳父出了车祸，又患了一种怪病，行走困难，说不出话来，她不得不尽心尽力地照顾他，家庭生活的重担全都压在了她一个人身上。从那以后，她就开始信佛了，希望菩萨能够保佑她，保佑她的家庭，让家里的生活能够好起来。

前年初，岳父身体不好，吵着要回江西，内弟又刚生了小孩，尽管我们十分不舍，但也只好让他们去了。

她回去之前正好是她六十岁的生日，我和雨妈到安德鲁生定了一个特大的蛋糕，上面摆了一个最大的寿桃，她还怪我们太浪费，她一辈子节约惯了。中午我们在一家宾馆的餐厅给她祝寿，巧得很，整个漂亮的餐厅居然只有我们一家人，好像是我们专门包场为她老人家祝寿似的。那一天，我们看得出她十分高兴，她应该过了一个难忘的生日，我们做后辈的，只能略表心意。

前些天，我收到她从江西老家寄给我的一瓶辣椒酱，因为她知道我喜欢吃她做的辣椒酱，上次她做的一瓶快吃完了，就专门在老家按四川的口味又给我做了一瓶，我心中一阵温暖，这个世上惦记着我的人不多，她还记得我。

我不禁想起了我的母亲，她也是一个虔诚的佛教信徒。母亲出生在一个地主家庭，只在记事前过了几年阔小姐生活就解放了，家里的田产全部没收，生活一下子跌入了地狱。她年轻的时候靠挑煤为生，瘦小的身躯能够挑上百斤的重量。每次挑煤，一边走一边数着稻田的拐角数，看还有多远就到窑厂，每一挑煤只能赚几毛钱。后来她又到窑厂做搬运窑货这种重体力活，后来稍微好一些，在一个集体所有制的杂货店上班，靠微薄的工资，含辛茹苦地把我们养大。在我的记忆中，她早早地就开始信佛了，家里长年累月供着一个简易的神龛，供的是观世音菩萨。

老家附近有一座叫双桂堂的寺庙，在我年幼的时候，我有时会跟母亲去上香。寺庙离我们家十多公里，早上五点多，我们都要起床，然后和其他几个信徒一同步行前往，要走上几个小时，十分辛苦。上午大人们念经学佛的时候，我就独自在庙里到处玩耍，一直等待着中午的到来，我这么辛苦地跟来，其实就是为了中午的一顿斋饭，也不过是些素豆腐、木耳、青菜之类，但那时觉得味道好极了。当我成人后，有一年的春节，我带着妻儿故地重游，中午的时候，我专门去了一趟食堂，还是那些菜，但清汤寡水，让人实在难以下咽。是啊！那时物资太匮乏了，只要有吃的，什么都是美味，没想到我对寺庙最初的印象，居然是里面的斋饭。

还记得我高考前的一天上午，我们做完课间操后往教室走，在快要走进教学楼的时候，突然听到有人叫我的名字，回头一看，居然是母亲，她手里拿着一个瓶子，里面装了一点儿水，水里融化了一点儿香灰，她说这是求菩萨保佑了的，我喝了就会带给我好运，我十分反感，如鲠在喉，看着她乞求的目光，我万般不情愿地一口喝了下去。可是很不幸，菩萨并没有保佑我，那年的高考我落榜了。

两个最虔诚的女人，她们经常到寺庙里烧香拜佛，祈求幸福美好的生活，可她们的一生，过得却是得那么艰辛，显然佛祖和菩萨都没有保佑她们，难道她们心中就没有产生过一丝怀疑？可能她们也只是需求一种心灵寄托吧？她们太苦，只有在虚无中寻求心灵的寄托和安慰。

三

有一年的中秋，我们一家人到峨眉山度假。峨眉山是有名的佛教圣地，山上的庙宇很多，都十分壮观和气派。那天傍晚，我在金顶散步，夕阳西下，金灿灿的阳光把整个山顶染成一片金色，让人内心感到十分的祥和安宁。旁边是一个气象站，另一边就是万丈悬崖，周围静悄悄的，只有我一个人。站在舍身崖的旁边，眺望远方，漫无边际地胡思乱想：这些山川可以永恒，而我们的生命却是多么短暂啊！究竟怎样的生活才算幸福呢？有的人腰缠万贯、一掷千金，他们感到幸福吧？有的人事业成功，呼风唤雨，春风得意，他们应该感到幸福吧？而有的人用尽全力追逐到了自己心爱的女人，他们也应该心满意足了吧？……我迷迷糊糊地一路走来，不知不觉已经四十出头了，青春已逝，却一事无成，心里空空荡荡，真的心有不甘，难道就要这样平庸地走到终点？

在喧嚣的城市里，在拥挤的人群中，我们太匆忙，来不及思考。

从峨眉山金顶下来，在报国寺，在一个寂静的小院，我看见一个相貌俊秀的青年和尚，独自愣愣地坐在一条长凳上，仿佛怀揣着无尽的心事，周围是盛开的鲜花。我又犯了老毛病，替别人操心起来。他能耐得住寂寞吗？年纪轻轻为什么要步入空门呢？他也有欲望吗？在春暖花开的时候，那些寺庙中的青年男子，是否如我们凡夫俗子一般，也会想起男女之事？男女间的情爱是人世间最让人难以琢磨、最让人奋不顾身的事，佛祖能帮他们化解吗？

不仅如此，我们那么多的欲望，生理的、心理的，贪恋金钱，贪恋美色，贪恋地位，贪恋名声，不知疲倦、奋不顾身地追逐，何时是个尽头？真让人烦恼。佛祖若真在，请他给我们指点迷津，化解我们内心的困惑，带给我们平和的内心和幸福美好的生活。可是，真悲哀啊！我没有任何宗教信仰，不信上帝，不信真主，不信太上老君，也不信佛祖。如果非要让自己去信，真是不容易办到啊！哎！让人好为难！

佛祖若真在，那该多好。

生　日

昨天是一个朋友的生日，晚上大家在一起去蜀九香火锅店，朋友相聚，分外开心，聊得热火朝天，不知不觉聊起了各自印象深刻的生日，大家对自己的生日如数家珍，不时引起一阵惊叹或者欢笑，我不禁很惭愧，努力搜索记忆深处的生日，希望也能够找到一两个有趣的生日让朋友们高兴一下，可想来想去，居然找不到一个博大家一笑的生日来。尽管无趣，可终究还是有那么几个生日，在我四十年的人生旅途中，让我如此的难忘。

一

我十五岁那年在老家县城的一所中学上初二，由于离家比较远，我在学校寄宿，每周末才回一次家。那时学校的生活条件很艰苦，伙食特别差，我不得不隔三岔五地在晚自习后，非常辛苦地步行好长一段路回家打个牙祭，第二天又要很早赶回学校上早自习。

有一天上午，大概是课间操的时候，听同学说有人找我，我往楼下一看，原来是母亲来了，站在操场上那一棵大桉树下，穿着她经常穿的那件灰色上衣，旁边有两个大口袋，十分土气。我赶紧下楼跑过去，问："妈妈，你怎么来了？"母亲说："小六，今天是你十五岁的生日，妈妈给你煮了一个鸡蛋给你带过来，祝你生日快乐哟！"一边说一边从口袋里摸出一个鸡蛋来，塞在我的手里，叮嘱我中午的时候下饭吃。我才想起那天是自己的生日，自己居然忘了！我高兴极了，因为当时家里条件还很艰苦，鸡蛋是比较珍贵的东西，平常难得吃一次，这下中午我可以美美地享受一番了！母亲叮嘱我之后就走了，当时我根本就没想过，她为了送这个生日鸡蛋给我，从我们家的小镇到县城，走了整整七公里。这个小小的鸡蛋，其实等同于她十四公里的步行和对我浓浓的爱啊！

到后来，尤其是我也做了父亲以来，有时候总会不经意想起那个生日，心里会突然非常感动和温暖，那时候，这个世上唯一会记得我的生日的人，也只有她吧！这个世界上唯一会在我生日的时候给我送鸡蛋的人，也只有她吧！现在看起来那么微不足道的一个鸡蛋，却是多么珍贵啊！

在我年少的时候，很难得体会到父母对我的爱，觉得他们对我的付出是理所当然，很少考虑他们的感受，直我有了自己的孩子，才体会到他们是如此爱我，就像我如此地爱我的孩子一样，尤其是我的母亲，她几乎为我们几个孩子付出了自己的一切。她本来是那么的聪明，记忆力惊人的好，在成都和我们住在一起的那几年，她惊人的记忆力经常把我和雨妈惊得目瞪口呆，只是生不逢时，让她一生过得如此辛苦。我们现在唯一能做的就是让她安度晚年。

二十多年过去了，母亲站在操场上那棵大桉树下的样子，现在仍历历在目。

二

大学毕业后，我一个人在济南漂泊了整整三年，开始的时候，我还梦想有朝一日能够回到成都，但随着时间一年一年地过去，却始终找不到机会，我也不知不觉适应了北方的生活，慢慢地也就断了回去的念头，当时我真的还以为自己回不来了，就在那里安家了吧，济南也不错。可造化弄人，世事难料，正当我已经死心了的时候，一个偶然的机会，我又回到了朝思暮想的成都。见到了以前的老朋友，非常开心。当时在我的朋友中，我与老熊和铁哥的关系最要好。开始那几年，我们在一起打球，一起到处玩耍，一起天南海北聊天，一起坐在春熙路边欣赏美女，日子倒也过得逍遥快活。

那其实是一个再普通不过的生日，要不是因为他们，我早已经忘了。那天傍晚，我和老熊、铁哥，还有铁哥的一个朋友，是个川师的女孩，我们一行四人提着他们为我买的生日蛋糕和各色点心，还有几瓶啤酒，四个人合骑了两辆自行车，一路欢声笑语来到府南河边。那时，府南河刚刚治理好不久，景色十分优美，合江亭一带风景尤其好。

我们找了一块大石头，把生日蛋糕和各色点心放在石头中间，然后就坐在河边欣赏府南河的风景，等待夜幕降临。那天天气出奇的好，太阳快要下山了，阳光把整条府南河染成一片金色，美极了。天色渐渐晚了，月亮上来了，那么圆，那么亮，漫天是明亮闪烁的星星，多美的夜色啊！在成都这个月亮难得一见的地方，它们好像是专门送给我的生日礼物。那个女孩为我点亮了生日蜡烛，烛光闪闪，大家一起为我唱起了生日歌，还叫我许了愿，我从来没有经历过这种阵仗，感到有点儿羞涩，但幸福极了，在我的记忆中，好像还没有人在我生日中专门为我买过蛋糕，还为我唱生日歌，包括我的父母，他们为生活所迫，只能求得孩子们的温饱。感谢我亲爱的朋友，还有那个已经忘记名字的川师女孩，是你们让我这个普普通通的生日变得那么特别和难忘！那晚我们玩得十分尽兴，大家吃着蛋糕和点心，喝着啤酒，天南海北地聊天，尽管当时我们大家都几乎一无所有。直到晚上十一点多，我们才骑着自行车送那个女孩回川师，我们在路上你追我赶，如水的月光陪着我们，寂静的路上，只有我们一路的喧哗和笑声。

那可能是我一生中过得最快乐的一个生日。那一年我二十八岁，还是我青春年少的时候。可惜后来我和铁哥的友谊中断了，听说那个女孩也去了加拿大，只有和老熊的友谊一直保持到现在，我们还不时地聚会，和他在一起我感到很轻松和自在。十多年过去了，有时候，在不经意间，我还会想起那天晚上皎洁的月光，草坪中间漂亮的人造假石，还有我们四个人在合江亭边坐成一排欣赏府南河风光的样子。

三

常言道：三十而立。三十岁对于一个男人来说，是一个重要的日子。但对我来说，那段时间，状态却很不好，收入微薄，无休止的夜班，让我黑白颠倒，身体也因此坏下去；雪上加霜的是，和我相处七年的女友一年前不辞而别，到深圳去了，让我备受打击。我心情阴沉低落，对自己没有信心，感到前途一片迷惘，看不到希望。所谓的"三十而立"，跟自己全不沾边，我有时候就想放弃自己，就这么得过且过地过吧！无所谓。可生活还得继续，隐隐中，自己还保留了一丝希望：也许三十岁之后，日子就会慢慢好起来吧！

三十岁的生日怎么过呢？回老家和亲人一起过吗？至少有母亲的祝福，我知道，无论我在外面混得多么糟糕，多么不顺，回到家，母亲总会给我无比的温暖，但我不能回去！和朋友们一起过吗？他们只能缓解我暂时的寂寞。我一个人过吧，就绕着一环路走一圈好了，一路慢慢思考，有的是时间，我不能就这样糟蹋了自己。

那天我睡了一个大懒觉，大概快到中午我才出发，是逆时针围着一环路转的。给我印象比较深的是感觉那天人特别的多，路特别的挤，到处都是小摊小贩，原来，大多数人和我一样，为了生活四处劳累奔波。一环路一圈十四五公里，但我却走了整整六个小时，回到租的住所时，已经快六点了。一路思考了什么，早就忘得一干二净，但过了省医院，在一条小河边桥头的情形却历历在目。在那里，我收到了我女朋友的生日祝福，彼此述说了相思之苦。她说她很想我，下个月就回成都，我们永远再不分开。

真是一个天大的好消息！

我在电话中给她唱了一首当时我们都最喜欢的歌，是任贤齐的《爱的路上只有我和你》，她在电话那头哭了。那是我人生一个转折性的日子，之后她成了我的妻子。

四

三十岁之后，日子过得很平淡，生活没有大起大落，印象深刻的生日一个也没有留下，我这个人醒事比较晚，这么多年都懵懵懂懂，当我对一些人和事有点儿认知的时候，当我对这个世界稍微有点儿明白的时候，不知不觉就快要四十岁了，时间过得可真快啊！常言道：四十不惑，说的是一个人四十岁了，应该对人生看得比较透彻，但我感觉自己还是迷迷糊糊的，还有很多的"惑"，这些"惑"，大部分也许一辈子都无法解开了。

这篇文章写到最后，我突然惊讶地发现，这几个生日之所以难忘，全是因为爱，母爱、友爱和情爱。我并没有刻意地去选择哪几个生日，因为给我留下深刻印象的就只有这几个。

职场散记

校长的预言

大概是高二的时候，有一次上午做完课间操，值日老师吹响了集合口哨，整个操场的人一下子聚集过来，变成了一个密密麻麻的小方块。

校长站在高高的主席台上，开始唾沫横飞地讲起来，他说 21 世纪有三大基本技能，第一是开车，小汽车那时都普及了，许多普通的家庭都有了小汽车，学会开车是 21 世纪人们的一项基本技能；第二是英语，到那时世界各国交流非常频繁，而英语是主要的交流工具，所以我们一定要学好英语；第三是计算机，到那时许多人都是靠计算机完成自己的工作。那还是 20 世纪 80 年代末、90 年代初，离 21 世纪还有十年左右时间，太远了，我连一辆自行车都买不起，还能开得起小轿车？校长真会开玩笑；英语要不是高考要考，谁会去学它哩！至于计算机，更是玄乎的高科技，见都没见过，还要成为每个人的必备技能，这个离现实也太遥远了吧！

现在还真的佩服那个姓王的校长，看问题可真远，预言是如此准确。尤其是计算机，大学毕业时，我本来已经定下来去自贡一所中学当数学老师的，后来又做了将近五个月的会计，却没想到一个偶然的机会，我居然从事了这个当时非常时髦的行业，一做就是整整十七年。

蹩脚英语

大学毕业后，我去济南工作报到，取道北京，然后再从北京坐火车去济南。到北京之后，我决定先玩两天。第一次来到我们伟大的首都，第一次见到天安门，第一次参观了故宫，心情非常激动。

第二天，去明十三陵，在售票处买完票，正准备进去，一个面容俊朗、身体十分结实的年轻人向我走来。"Can you help me？"（你能帮助我吗？）我一愣，他是在跟我说话吗？看了一下旁边，没人，真是跟我说哩！哦！居然还跟我讲英语！我迟疑了片刻，才反应过来，原来是个外国人，很可能是个日本人，他想让我帮他买票。我说没问题，就拿着他递给我的钱，又来到售票窗口，这时我才注意到，原来外国人的票价比中国人的贵得多。于是，从售票处开始，我们就结伴游玩，年轻就是好呀！很快就认识了新朋友。

后来我才知道，他来自韩国，二十五岁，是个刚退伍的军人。他很喜欢中国，这次趁刚退伍有时间，就来到了中国，已经去过黄山、桂林和丽江，准备游玩过北京之后就回国了。我自然而然地免费为他当起了翻译，感到很是新鲜刺激。尽管我的英语口语很蹩脚，他的水平基本上也和我在一个档次，但我们连比带划，聊得很是开心。当我们到达长城的时候，我们俩都被深深地震撼了，站在城墙上，我们一起对着空旷的塞外，毫无顾忌地高声呼喊："Wonderful！"那一天我们玩得十分开心，我说了一整天的蹩脚英语，直到晚上回到市区，我们才依依不舍地分别。直到现在，我偶尔还会想起这个萍水相逢的、年轻的异国朋友，我们的相遇正好在我职业生涯开始的时候。

后来，我因为工作原因，大概三十多次来到北京，最频繁的一回是半个月去了三次天安门，时间最长的一次是 2003 年，我在北京待了几个月，而且最后可以选择留下，留在北京总部。但遗憾的是，繁华的首都虽然给我留下美好的印象，但站在北京街头，我常常感到自己是那么卑微，那么渺小和无助，这不是我应该留下的地方，我的家乡在成都。

两车礼物

刚参加工作的那个冬天，有一天办公室主任把我和另一个刚进入公司的新员工叫去，然后交给我们一项光荣而艰巨的任务，春节前押送两车礼物去北京总部。

临出发了才知道我们押运的是两车上好的黄河大米，每车二十吨，外加上一百箱品相极佳的烟台苹果和莱阳梨，装满了两辆巨大的卡车。办公室主任乘坐公司的小轿车在前面开路，我们则分别坐在两辆大卡车的副驾驶位置上，跟在小车后面，浩浩荡荡直奔首都而去。到了北京，住的是亚洲大酒店的套房，十分豪华气派，在 20 世纪 90 年代末每晚就要一千多元，让我这个乡巴佬儿大吃一惊，因为上次我在北京住的是地下室，一个房间五个床位，每晚二十五元钱。晚上在一家高档餐厅吃饭，大部分菜我连名字都叫不出来。其中有一个菜味道很特别，我吃了很多，回宾馆后，和我一起押车的同事告诉我那是蛇肉，弄得我把当晚吃的山珍海味全部都还了回去。这顿饭花了六千多元钱，自然更让我目瞪口呆，要知道我当时的工资每月是七百六十八元，我还记得我用第一个月的工资给我母亲买了一块手表，给她寄了去，她高兴得不得了。

其实公司当时的业务已经非常糟糕，却把大量的精力花在这上面，连我这种刚参加工作不久的人都隐隐地觉得有问题。果然不久，公司一把手被撤，办公室主任被换，调到公司一个最不起眼的部门当一个副科级的闲职，以前飞扬跋扈的办公室主任一下子低调得简直让人不敢相信，我们有时碰到她，还改不过来口，还叫她马主任，她红着脸连连摆手说："别这么叫。"

这件事给我留下了深刻的印象。

两个老师

我刚进电脑部的时候，老崔是直接带我的老师，他负责小型机运行维护方面的工作，是他主动把我要到他的科室的，说我看起来老实稳重，比较适合这方面的工作（惭愧）。就这样，我从事计算机系统运行维护工作直到现在。而和我同时进电脑部工作的另一个刚毕业的同事，一开始从事网络方面相关的工作，也一直从事至今。是啊！有些事情没有办法选择，年轻时一个偶然，就会对一个人的一生影响深远。老崔对上不行，和我们当时的部门经理关系处得很紧张，但对下却特别好，弄得我们几个夹在中间挺难办。他现在是一家大公司技术部门的负责人，我刚参加工作时他三十八岁，掐指一算，再过几年他应该退休了。

他对我很不错，对我这个孤身在异乡的年轻人比较照顾。有一年的春节，老崔邀我们几个去他家玩，雨妈也去了，她那时还在读研究生，放寒假到济南陪我。老崔那时刚买了一套比较高档的音响，当时就花了将近两万元，他是这方面的发烧友。我们几个同事就在他家吃饭，饭后唱卡拉OK，我记得我唱了一首刘德华的《忘情水》，比较逼真，老崔在一旁说："把原音关了再唱吧！"我故意停下来，得意扬扬地说："没开原音呀！"老崔一脸的惊讶，说我唱得真不错，其实我会的歌曲就那么几首。

几年前他来成都出差，我和雨妈去看他，明显老了，时间在他脸上刻上了明显的皱纹，感觉也没有了年轻时的斗志。他年轻时干劲挺足，老是想往上爬，最后如愿以偿坐上部门经理的位置。他是我在济南关系不错的一个人，给了我许多的帮助，尽管有些小缺点，比如说有点儿小气，但不影响我非常感谢他。

另一个老师就是刘姐了。我回成都后就一直跟着她搞计算机系统运行维护，她应该是我工作至今遇到的最好的同事了，我曾经满怀感激地写了一篇关于她的文章，她现在也坐到了我原来公司技术部门经理的位置，真心祝她好运。

吃苹果

有一年春节，公司给员工发福利，发的是两大箱苹果和大概二十斤罗非鱼，我那时还是孤家寡人，一人吃饱，全家不饿。我自己到超市买调料，做了几天四川的酸菜鱼吃，又没冰箱，剩下一大半的鱼没地方保存，就到附近的菜市场以非常低廉的价格卖掉了。苹果却怎么也卖不掉，只好每天吃一两个，足足吃了一个月，但还是好多没吃完，最后不得不扔掉了。后来，我有整整三年不沾一口苹果，看到苹果就反胃。

千年虫

不知道我们这个圈子的人是否还记得当年的"千年虫"，当时可是沸沸扬扬。所谓"千年虫"，就是计算机的设计者当年没有考虑到那么远，时间计年还是采取两位数，比如20世纪80年代，20世纪90年代，计算机在2000年的时候，时间可能不准确，和1900年的后两位重复。而时间又是计算机运行的基础，也是各种业务系统运行的基础，必须要在1999年12月31日晚零时准确地度过。我记得那天晚上，我们部门全部守候在机房，静悄悄地等待零点的到来，然后做业务测试，直到万无一失了才放心，然后部门经理带着我们来到大楼的顶楼看济南的夜景。这栋楼在趵突泉边，泉城广场对面，站在顶楼，可以俯瞰整个济南市的夜景。已经深夜，到处星星点点，灯火阑珊，我第一次发现济南的夜景竟是如此的美，我们就是这样在紧张的工作之余，迎接了新世纪的到来。

卫生间

一个偶然的机会，我回到了成都。那一天，我去二楼的人事部门报到，之后问了一个同事卫生间在哪里。同事指了一下二楼的一个角落说："就在那儿。"不过，我们办公室在一楼，我只好每天上二楼去卫生间。大概过了将近一个月，在二楼卫生间遇到我们部门的新哥，新哥问我上来做什么，我说上卫生间呀！并且埋怨这么大的公司一楼连个卫生间都没有，真是奇怪，让人不方便。新哥一听，差点儿崩溃，他领着我来到一楼，向左拐了一个弯，在离我们办公室大概十多米的一个角落，门上赫然写着三个大字：卫生间。

一位仁兄

他是我工作这么多年来见过的最孤僻怪异的一个同事了，许多和他一起共事过的人都应该有这种体会吧。他和我们大部分同事相处得都不太好，主要是以自我为中心，太自以为是，喜怒无常，不考虑别人的感受，有时候行事比较怪异，让你哭笑不得，按今天流行的说法就是情商太低。不过技术还不错，比较专，部门经理还比较赏识他。

我和他几乎是同时进入成都分公司的，当时有个新系统非常急，我到成都分公司报到后第二天就到北京出差，他还没来成都报到就直接去了总部。我们俩住一个房间，那是我们第一次相见。晚上，记不清什么事了，他突然生起气来，对我大声吼叫，让我一下子目瞪口呆，因为我们是第一次见面，我对他十分客气，根本没有得罪他，刚刚还在一起吃了饭，喝了酒的。我也很生气，就跟他争吵起来，弄得很不愉快，我们第一次见面就这么尴尬收场。

我当时住在公司的单身宿舍，这位仁兄住在我楼上，晚上有时候就听见地板轰轰响，像打雷，更有时候深夜一两点，突然听到此兄在楼上骂骂咧咧，然后把喝完的啤酒瓶一下子扔出去，砸在地上，"啪"的一声，把一些人惊醒，引来一阵骂声，但此兄居然好像浑然不知、毫不在意，依然我行我素，真是让人又好气又好笑。

每次部门吃饭，都是他一个人在那里高谈阔论，仿佛他什么都懂，真是"上知天文，下知地理"，但我们都听得哈欠连天，一点儿劲都没有。他可能不知道一个基本的道理，几个人聚会聊天，你就只有几分之一的发言权，他没有学会倾听。

我这个人年轻时也争强好胜，后来和他发生了更加激烈的冲突，心里非常讨厌他。当然，经过这么多年的风风雨雨，我也早已没有了年少时的轻狂，棱角早已被磨平，甚至快没有了自己的原则，到底是好事还是悲哀呢？

后来听说他结婚了，并且有了孩子，他做了父亲，脾气应该有所改变吧。其实本质上他算是一个善良的人，只是有些小聪明，不知道照顾他人的感受。人有时真是很奇怪，当年在一起共事时我很讨厌他，现在都慢慢淡忘了，有时居然还有点儿想念他。

还遇到一些比较奇怪的同事，有不吃肉的（不是佛教徒和素食主义者），有的比较胖，大冬天老是出汗的，不禁感叹，这个世界真是丰富多彩，什么样的人都有啊！

坐火车

我们到总部去开会，一般都是坐飞机去。那时候培训和开会十分频繁，视频会议还不太流行，因此三天两头就要去总部，费用也比较大。

有一次培训一个新系统，预计时间是一天，我们各个分公司的技术人员早早地就到了北京。第二天一早就开始培训，却没有看到重庆分公司的人。因为成都分公司和重庆分公司相隔比较近，两家分公司的技术人员联系比较紧密，关系也不错，他们的人我都认识。到了中午，由于内容不多，整个培训提前就结束了，正准备散会，突然看见一个人急急匆匆地跑进来，正是重庆分公司的技术员。总部培训的老师问他为什么这么晚，这哥们的回答让我们哄堂大笑。原来，重庆分公司的领导为了节省费用，一般员工去总部出差必须乘坐火车，而恰好他赶的这趟火车晚点了，他下了火车就直接打的到会场，却正好遇见培训结束。那时候还没有动车，从重庆坐火车到北京需要近三十个小时，我也乘坐过，十分辛苦。当天晚上，他领了几本培训资料，就坐火车回重庆去了。

真好玩

我相信，许多从事计算机专业的人都有过比较大的成就感。能够用计算机知识解决几乎所有其他行业的问题，那种感觉真是妙不可言。有时候真是这样的，即使收入少点儿，工作累点儿，但做自己喜欢的工作，如果工作氛围再好一点儿，真是一件幸福的事。

有一次部门经理让我牵头做了一个项目，我做得还不错，其他分公司的人也来成都学习，看着自己主打写的程序那么多人在使用，并且还得到了好评，我从内心里感到十分快乐，那种强烈的成就感简直快要爆棚。是啊！金钱很重要，但在某种程度上来说，让内心满足的成就感更让人感到幸福。

当时，随着自己水平的提高，对我们这个行业的业务有了较为深入的理解，自己就很想写一本书，关于如何用计算机程序语言实现我们行业的各种业务，以便和其他同行一起分享，尤其是对入门者应该很有帮助。正当我想付诸实施的时候，却因为个人原因离开了原来的公司。之后由于其他琐事不断，这个梦想也就成了一个完不成的梦。

普通人一般都专注计算机的使用，或者玩游戏之类，但作为从事计算机专业的人来说，一般更喜欢底层的东西，比方说我们平常使用的 Windows 操作系统是怎么来的，Word 编辑器是怎么来的。许多计算机程序员都曾有一个梦想，编写一个简易的操作系统，我自然也不例外，但真的太难了，能够看懂源程序就非常不错了，不过它真的很好玩。

只可惜那种乐趣现在体会得不多了，现在成天想的就是如何服侍好总部领导和分管领导，其他部门的需求和服务，部门员工的利益和团结，接受监管部门的检查，具体的事情做得不多，却感到压力巨大，尤其是总部每月的排名更让人感到精疲力竭。

机房起火了

一天早上，我像往常一样去上班，车开到半路，突然电话一阵猛响，一看，是我们部门周松打来的，接起电话，只听他急促地说："朱哥，不好了！机房空调着火了！"我一下子惊出一身冷汗，只听他又说："幸好发现及时，我和保安一起用灭火器把火浇灭了，但现在机房的烟还特别大，我们把门窗都打开了，好把烟赶快散出去。"我心里稍安，但还是非常担心，真想一下子飞到公司，但路上车多得像蚂蚁，只能干着急。好不容易到了公司，冲进机房，果然烟雾还比较大，但周松说现在已经小多了。我赶紧向公司领导作了汇报，领导非常重视，亲自到现场察看，并要求我们查明原因，做好整改。

后来查明了原因，原来是空调线路老化，二十四小时连续工作，产生了自燃。这件事之后，我们制定了应急措施，把老空调更换成了新的机房专用空调，并且把机房的手动灭火器换成了全自动灭火器，同时把机房钥匙密封一套，签好字，交公司安保处保管，以便技术人员不在时安保人员可以应急使用。

后面想起来还一阵后怕，那是我们吃饭的家伙，如果真的烧起来，或者火灾发生在夜间，那就麻烦了。这绝对要成为我们这个行业内轰动的新闻，并且作为反面教材不断地进行宣传。我作为直接主管的第一责任人，也肯定下课了！

这是我职业生涯中遇到的最惊险、最紧张的一次事故。

好领导

现在公司的一把手真是一个不错的人，他受命于危难之间。当时成都分公司的业务处于十分艰难的地步，好长一段时间业务不仅没有起色，还一直下滑，就在那时他来到了成都，局面很快得到改变。第一年，我们的业务就增长了40%，以后三年，在市场竞争十分激烈和公司内控极度严格的情况下，公司业务还保持了每年30%多的增长。他用他的能力力挽狂澜，使公司的运营重新步入正轨。

有时候他居然有些不自信，说他只是一个中专毕业生，在我们这些大学生面前感到有些惭愧，我们不禁愕然，其实，书读再多又有什么用，你是硕士、博士又能怎样？公司良好的业绩已经完全证明了他过人的能力。

但比这更好的是他的教养，他性格非常随和，从来没有骂过我们这些中层干部一句，但不怒自威，我们都很敬重他，都尽力把自己的工作做好。一个人有能力相对而言容易得多，但有教养却非常不易，这是我多年以来和领导打交道非常深刻的感受。只可惜他不久就要回总部了，不知新来的一把手怎么样，真让人忐忑。

我的第一个分管领导也很好，温文尔雅，他不懂的一定会咨询我们，和我商量，一般都会尊重我在专业上的决定，即使有的事他一定要那样做，也会和我做好沟通。这真是一段美好的共事，那两年，我在专业上工作得很顺利，真要好好感谢他。可惜美好的事物都不太长久，他分管技术部门只有两年多就调走了，随后的分管领导成了我的噩梦。

坏领导

此兄最大的特点就是粗暴，动不动就骂人，经常没有任何理由，就把我们骂得狗血淋头，脸色变化之快，简直让人适应不过来。他分管的几个部门经理苦不堪言，都十分反感、讨厌他，但受了委屈却无可奈何，真是官大一级压死人啊！

一次我陪他下网点检查回来，车行到清水河大桥，记不清因为什么事他又开始骂起来，越骂越难听，我听得火冒三丈，真想把他一脚踢下车，最后还是硬生生地忍了下来。年龄的增长，生活的艰辛，我已经学会了忍耐，没有了年少时的轻狂，工作上十分小心谨慎，不说干得多好，至少还是把工作做得井井有条的。

后来他又对我客气得很，语气十分温柔，弄得我不知所措，很不适应。这样反反复复很多次，让人疲惫，哎！何时是个尽头！

我想，总有一天他会出事的，果不其然，他和公司一把手合不来，关系一直挺紧张，最后不得不调走了，我一下子像身上卸下了一块大石头，感到十分轻松、愉快。

大千世界，无奇不有。我想，大多数人在自己的职业生涯中都应该遇到过比较难缠的同事，遇到这种人，真是我们的悲哀，想甩都甩不掉，他们不反省自己，却总以为是别人的错，能力可能有一点儿，但品德却实在差强人意，有时候也感到有些奇怪，不知道他们是怎么身居高位的？

　　我记下这些快乐的和不快乐的、有趣的与无趣的事，讨厌的与尊敬的人，算是对自己职业生涯的一个小小的记录吧。生活就是这样的不完美，不如意的事总是那么多，真让人烦恼。不过转念一想，哪能什么事情都一帆风顺呢？只有我们勇敢地去面对它，解决它，才可能取得好的结果，才能够体会到解决困难带来的乐趣，这么一想，也就释然了。

喝　酒

　　莽娃说他要请兄弟们吃饭，这次大家一定要喝上两杯。我们都有点儿诧异，平常我们一块聚会，大家很少一起喝酒，一是兄弟们大都酒量不行，二是喝了酒之后昏昏欲睡，打球、打牌都不方便，一定是有什么重要的事。果不其然，他说他跳到一家有名的大公司去了，刚刚接到录取通知，下周就去报到，请兄弟们喝个酒，一起庆祝下。

　　吃饭的地方定在我们母校旁边，那是一家不错的火锅店。老朋友相聚，格外自然和舒服。大家都斟满酒，自然首先敬莽娃。

　　"莽娃，恭喜你！来！我们大家敬你一杯，祝你找到一个好工作，我们都替你高兴，你终于结束了颠沛流离的生活，在外面漂了这么多年，在广州漂过，在北京漂过，现在回到了成都，终于稳定了，这个酒一定要喝，因为我们都知道你这些年的不易，希望你今后越来越好！也希望你赶快找到你的另一半，一把年纪了，眼光不要太高，不要再漂了，彻底稳定下来。你的性格就像我们送给你的绰号，重义气，耿直，而又有那么一点儿小小的任性。在大学时，你爸可是教过雨妈的老师哟！"

主角敬毕，大家一边吃火锅，一边相互敬起酒来。

"明哥，咱们俩喝一杯。啥都不说了，一切尽在酒中。你性格很随和，大家都喜欢你，都愿意和你做朋友。几年前的一天，你突然说你要回南京了，因为你是江苏人，你父母希望你离家近点，以后可能很难再回成都了。我们都很失望，你在我们中间人缘那么好，大家都喜欢你，都舍不得你走。更重要的是，你相交了好几年的女朋友怎么办？但你还是走了，没有和我们道别。"

"过了近一年，有一天，我在跳伞塔逛电脑城，逛完之后出来赶公交车，在站台，我正在等车，突然听到有人在大声叫我，我东张西望，却找不到人，终于发现，在对面一辆缓缓驶过的双层巴士上，一个熟悉的面孔在上层的车窗口正对着我大喊：'老朱！老朱！'旁边还坐着一个美女，自然是琪姐了。我一看，居然是你！心中一阵高兴，你小子居然回成都了，招呼都不打。我也冲着逐渐远去的公交车大声喊：'明哥！明哥！有空约着一起玩！'我一个人在站台上大喊大叫，场面有点儿搞笑。车慢慢地开走了，远远地望见你还从车窗中探出头来向我挥手。我还以为我们再也见不着了哩！就像几个我曾经那么好的朋友一样，大学毕业后我们各奔前程，之后就再也没有见过面。没想到你小子不声不响地又回来了，我心里是多么的高兴啊！只是我还是有自知之明，你回成都不是因为我，而是因为自己心爱的女人。"

"你现在的球技在我们中最高，但不要得意忘形！愚兄现在尽管很少打球，但只要和你打上半个小时，又会和你打得难分难解哟！人家兵哥说的：'朱哥的底子在那里。'"

"旺旺，我们俩是多年的老朋友了，来！咱们喝一杯！必须干了！你是我们中第一个买车的哟！二手奥拓，多牛！那曾经也是我的梦想，就为这个我们喝一杯!"

"还记得当年不?我们经常下了班就到川大体育馆打球。有一次,你开着你的二手奥拓,我骑着我崭新的电马,兴高采烈地来到川大。我们打得昏天黑地,难分难解,直到双方都筋疲力尽,才鸣锣收兵。来到出口处,我突然感觉有点儿异样,'朱哥,你的电马呢?'你问我。只见地上一片狼藉,是锁被撬开的痕迹,我一惊,立即反应过来,啊!我的电马被偷了!这该死的小偷!我恨得直咬牙!但却无可奈何。这是丢的第二辆电马了,再买多半也是相同的下场,我一咬牙,不买电马了,一步到位,买车!于是,我拿出所有积蓄,还贷了四万元的款,崭新的千里马到手了。车是兵哥帮我开回来的,因为我还没有拿到驾照,我心满意足地坐在副驾位置,而你和明哥、老雄则四平八稳地坐在后头,直奔一个朋友的婚礼。现在回想起来,我和车的故事,真的是起源于那次我们到川大打球啊!"

"还有一次,你开着你的二手奥拓,载着我们几个一起出去玩,在一环路川大的桥下,违规拐弯,被一个交警拦下,要你交出了驾照和行驶证。我们大家都很紧张,完了!肯定要挨罚款了,兵哥说他来试试,不慌不忙地掏出工作证,交警看了看证件,上面写着:成都市某某支队刑警字样,挥了挥手,说:'走吧!开车注意安全。'我们如释重负,一溜烟地跑了。旺旺,就冲着这次兵哥'救'你,你们俩也应该喝一杯呀!"

"兵哥,我们喝一杯,这杯酒为你的慷慨。你年轻时简直帅呆了,肌肉那么结实,身材那么匀称,有时穿着劲爆的皮裤就来打球,可惜现在变成了一个胖冬瓜的中年大叔,肚子大得惨不忍睹,有时间,再听你讲你们抓坏人的故事。"

"当年我刚装完房子,身上几乎身无分文,只剩下一千六百五十元钱,雨妈去深圳出差,带走了一千五百元钱,我就剩下一百五十元钱边过日子边等着发工资。"

"周末，你和旺旺两个偏偏说要到我家来祝我乔迁新居，你还给我送了碗，那碗用了很多年。之后晚上在我家打斗地主。旺旺有一会儿手气特别好，抓啥有啥。有一副牌，旺旺的地主，我抓了四个二，但一直忐忑，忌惮旺旺的双王。打到最后，却发现双王在你那里，差点儿让旺旺"偷渡"。这小子，只有两个 A 就敢抓牌，我和你笑翻了天，我从椅子上笑得跌了下来，摔在地上，还一直笑，多好玩！那时夜已经深了，我们的声音太大，弄得楼下的邻居上来向我们抗议。"

"'战斗'结束，我的一百五十元块钱输得精光，只有你赢了，你慷慨地拿出五十元给我做生活费，说是做人要厚道。"

"其实每次无论是打球还是打牌，输赢咱都很高兴，因为大家都知道，咱们更享受的，是咱们在一起的美好时光。"

"杨老师，敬你一杯，你是我来成都认识的第一个球友。"

"我们这些乒乓球爱好者，只有你一个从事这个专业。每次在成都举办大赛，你都给我们把票准备好，前段时间刚看了中国乒乓球公开赛，现场的感觉真是不错，我们在现场闹疯了，一点儿风度都没有。我们心中的偶像：孔令辉、刘国梁、张继科、王楠、张怡宁……（都）是这么见到的。当年你参加高考，我正在上大学，还给你辅导过功课呢！当年的青涩少女，变化实在太大了。"

"雨儿六岁了，他正在学钢琴，我还想让他学一样运动。现在我还在犹豫，是让他学羽毛球呢还是学乒乓球。这小子现在对羽毛球瘾大得很，有时夜深了还缠着我跟他打羽毛球，可我却一窍不通。我想把他送到你们乒乓球少体校去，从小把基础打好，把动作练标准，但我又不想他从事专业，能够达到一定的水准，交一些好朋友，这就够了。一个人生活无论多么的艰难，怎么能没有朋友呢？我有这些朋友，完全是因为我们有相同的爱好啊！我年少时对乒乓球曾是那么的疯狂，但条件太差，空有美好的梦想却无能为力，我希望我的孩子能过得顺些。"

少了两个人，老雄、韵哥，他们都出差去了，一时半会儿回不来，这酒下次补上。

"老雄，你送给我的地道的台湾茶叶真好喝，谢谢呀！你从绵阳回来，酒一定要补上，莽娃、明哥，当年你们三个可是穿一条内裤的，莽娃的喜事，你怎么能不来敬他两杯呢！除此之外，每次聚会，轮到你组织了，你都很用心，组织得那么好，让兄弟们很舒服。其中有一次，你组织大家在新都桂湖公园玩，六月的桂湖真美，尤其是那一湖盛开的荷花。咱们几个吃饱喝足后坐在湖边打牌聊天，肆无忌惮地高声喧哗，多么快乐啊！"

"还有，你当年教我们如何搭讪女孩子的故事，真够经典。有一次我们一起去川师玩，你对我们说：'如果你看中了某个心仪的女子，就若无其事地跑到她的前面，装着不小心的样子，把身份证轻轻丢在地上，然后慢慢地走。如果那个女孩子捡到了，她就会追上来还给你，你就会谢谢她，请她吃个饭什么的，一来二往，这样不就认识了吗？如果没捡，没关系，再丢。'这一招实在是高！只可惜看样子愚兄这一辈子也没办法使用了。你现在也已经是两个孩子的父亲，这一招只怕也用不上，留给你儿子长大了之后再用吧。"

"韵哥，咱们俩上大学一个学校，一个年级，大学里一起玩，一起毕业，之后在同一个行业从事相同的专业。你现在终于跳出苦海了，不再从事这个无聊的、没有前途的行业，可我为了糊口，还得继续。你升成你们公司人事部经理也没请我们，这次从井冈山学习回来必须得补上。大学里，每次下午下课，只要我拿着球拍去找你，在你们宿舍后面喊你，你在二楼的窗口探出头来应一声：'稍等一下！'很快就看见你全副武装地下楼，之后我们直奔球场，直打到天黑看不见球，你来找我也一样。也不晓得那时哪来这多时间，随叫随到，现在要聚一次真不容易，不是这里有事就是那里有事。你回来后，咱们再聚会，我先敬你一杯。"

最后，我们大家一起喝了一杯。"干杯！为我们多年的友谊！"

大家你一杯，我一杯，都喝得满脸绯红，只有旺旺一个人面不改色，仿佛酒量深不可测的样子，不过他的酒量我们都清楚，比我们也强不了多少。大家一边喝酒一边天南海北地神侃，多么快乐啊！最后明哥不胜酒力，居然倒下了，我也感到有点儿飘飘然，其实，这么美好的时光，醉一次又何妨！

大家都说我今天的话多，我平常真的是一个少言寡语的人，有时还有那么一点点的自卑，但今天我真的很高兴，我看得出来，你们其实和我一样高兴。

我的这篇文章，送给我亲爱的朋友们，很幸运认识你们，我们在一起度过了太多太美好的时光，我多么希望你们全都幸福。从1993年我初到成都，二十一年了，我们都变得太多，几乎每个人都经历了生活的大起大落，唯一不变的是：我们还是朋友。

转　换

　　终于一次性还完房款，当我从中信银行那个高大威猛的个人客户经理手中接过那本薄薄的房产证时，心中是多么快乐和轻松啊！又见到久违的房产证了，十一年前见过，作为贷款抵押，一直扣在银行，现在又见到了它，样子是那么的熟悉却又那么陌生。

　　现在，那所小小的房子，尽管才两室一厅，终于完全属于我了！没有了每月还贷的压力，日子可就过得轻松愉快多了。一路上哼着小曲，轻快地开着车，把车窗摇下来，让风吹着我的脸，多么惬意呀！下一步就是去提取公积金了，我和老婆多年的公积金，一共十八万元，这么多钱该怎么花呢？嗯！先给老婆买台笔记本电脑吧，她那台联想还是五年前买的，早就老得掉牙了，还老死机；给儿子买辆自行车，小子长得太快了，他那辆几年前买的，现在太小了，这几天他老是哼哼唧唧，说他想要一辆崭新的自行车；给自己买一套好一点儿的音响吧，以前的电脑简易音响现在简直没法入耳；其余的还是先存起来，要节约嘛，存在哪里呢？微信的理财通吧，又方便又快捷，想用随时取出来，利息又高，真完美！

拿着各种各样提取公积金的材料，兴高采烈地来到了公积金中心。哇！人真多呀！我取了号，前面居然有二十多个人！稍微有点儿心焦，没办法，还是只有等呗！大概等了两个小时，终于轮到我了，我飞快地跑到柜台前，把提取材料一股脑儿递给那个看似很斯文的帅哥。帅哥审查了我的材料，又在电脑里查了查，对我说："先生，你在今年二月份已经自动提取过一次一万多的公积金，按规定，客户每年只能提取一次，所以你只能明年再来提取。"

"什么？！"我简直不敢相信自己的耳朵，自己千辛万苦才把房款还完，满怀希望地来，却轻飘飘的一句话就要打发我走，真是岂有此理！我自己的钱，你凭什么还要我等一年！

"能方便一下吗？"我低声下气地说。

"不行！这是我们的制度。"帅哥斩钉截铁地说。

"这是什么狗屁制度！"我轻声地对自己说。尽管这么多钱不能到手，让我很心痛，但却无可奈何，总不能在公积金中心撒泼呀！只好垂头丧气，悻悻地离开了公积金中心。

郁闷地回到公司，还在发泄着对公积金公司的不满，同事们也为我打抱不平，都骂骂咧咧地数落着公积金制度的不是。过了好一阵子，心情慢慢平静下来，正准备进入工作状态。叮……电话突然一阵猛响，我一把抓起电话，机械地说："喂！你好！"电话那头传来一个熟悉的声音："朱世文吗，下周一我们到成都来，看一下你们的工作情况，我们只是过来看一看哈！"我猛然一惊，原来是骆总，我们总部技术部门的老总，又要来了，可我一点儿准备都没有。他说只是过来看看，但是，我却深刻地理解这"看一看"的含义，一行人会几天寸步不离地"看"着你，工作检查之仔细，让人提心吊胆。那几天，自己小心翼翼，全程陪同，累得精疲力竭。但期望值也不太高，因为每次检查完后发给我们的整改意见书还是好几大页，并且会同时发给分管领导，一般都会挨一顿臭骂，之后的整改会让你忙上几个月。尽管如此，我还是强装欢笑，说道："欢迎某总来成都检查指导工作，这是对我们工作的促进。"

接完电话，心情一下跃到谷底，到手的十八万突然领不到了，不知道明年又会给我什么理由；总部领导马上就要"杀"过来，今天是星期五，没有一点儿准备时间，兄弟们只有星期六、星期天加班了，之前我跟儿子说好的，明天要带他去浣花溪公园玩哩！哎！真是不凑巧啊！

立即行动起来，把兄弟们召集起来开了一个紧急会议，大家七嘴八舌，商量办法，总算有了一点儿眉目，然后各自分头准备。

稍微松了口气，正在想如何接受总部的业务条线检查。叮……电话又响了，"朱世文，你到我这里来一下！"我一听，是公司的总经理，心里不禁咯噔一下，不知道老大有什么重要事情亲自找我。

一路忐忑地来到总经理的办公室，只见老大和颜悦色，客气地让我坐下。"朱世文，你的工作总体做得还是不错，今年公司准备给你职务升一级。"

什么？我简直不敢相信自己的耳朵，还有些没适应过来，这幸福来得太突然，让我有点儿语无伦次，定了定神，才缓过劲来，接下来是满心欢喜。

这么多年来，自己勤勤恳恳，小心翼翼，工作自认为做得还不错，但级别却一直原地踏步，让我也郁闷。尽管一直主持部门的工作，但职务一直得不到提升，连我自己都有些丧失了信心。看着许多一同进公司的老员工职务都升了，工资都涨了，心里不免有些发慌，同时也对自己产生了一些怀疑，也许是自己不行吧？正在这个时候，却得到了公司领导的肯定，多么开心啊！

　　刚刚还在为满以为稳稳到手的十八万飞了而懊恼哩！刚刚还在为总部来检查感到焦头烂额哩！却突然来个猛的，让我一下像从地狱飞到天上，这是一种什么样的感受呢？像坐过山车。

　　升职是一件多么开心的事情啊！

　　看来，尽管自己只是在公司的一个偏远的技术支撑部门，不像那些和客户打交道的业务部门那么牛！但领导对自己的工作还是肯定的。只要你踏踏实实地工作，该是你的就一定不会错过。

　　短短的一天，我的心情经历了从巨大的快乐到无比的郁闷，再到无比的兴奋，真是腾云驾雾，好不刺激！转换之快，让我手忙脚乱，猝不及防。这不正是我们一生的浓缩吗？正应了那句名言：塞翁失马，焉知非福。

　　当你悲伤失望的时候，请不要灰心丧气，一定有云开日出的时候；当你顺风顺水的时候，也不要得意忘形，说不定前面正有一个不幸在等着你。

　　只有既感受过幸福，又体会过折磨，既经历过欢笑，又拥有过泪水，酸甜苦辣我们都经历过，那样的生活才算真正完整。

　　如果生活中只有甜，你又怎么知道那就是甜的滋味呢？

济南琐记

人上了一定年纪，就有点儿怀旧，想一想曾经走过的地方，曾经经历过的事，自己的光阴就是这么一点儿一点儿走过来的。我一路走来，最早是在一座偏僻的小山村，我在那里呱呱坠地，但我现在对它几乎没有印象了；之后，我随父母来到一条名叫兴隆街的小街，我在那里生活了十一年，那里留下了我童年和少年时期甜蜜美好的回忆，我曾经满怀感情地写下了一篇名叫《兴隆街》的文章来怀念她；之后我们全家搬到了附近的县城，但县城除了给我留下了痛苦的三年，再也找不到其他；我在二十岁那年离开故乡，来到了成都，开始了自己一生真正独立的闯荡生涯，那是我一生具有转折意义的一年；大学毕业后，为了谋生，我来到了济南，一待就是整整三年。

一

我在济南的第一个朋友是我们公司的一个保安，名叫李长江，我初到济南，就住在公司旁边，下班后没有去处，就经常到传达室去看他那台老掉牙的黑白电视，顺便和他聊天。他老婆和他一岁多的小孩也跟着他从农村来到济南，帮他做饭洗衣，平常晚上我也不时在他那里混一顿饭吃。

有一次，他老婆生病了，疼得在床上打滚，大颗大颗的汗水从她的额头上滚下来，我们慌忙地送她到了医院，检查后，原来是肠道发炎化脓了，非常严重，需要马上做手术。可手续费要两千多元钱，长江根本无力负担，他不好意思地向我开口，希望我借两千元钱给他，我不假思索地答应了，也没有考虑他是否还得起，我只是不忍心看着她老婆在床上疼得打滚的样子。但当时我身上所有的钱只有一千三百多元，时间又急，我立即想到了来哥，他是我刚认识不久的一个朋友，尽管我们认识才一两个月，深交还谈不上，但凭我的直觉，他和我性格相似，一定和我是一类人，他一定会帮我。第二天一早，我趁来哥上班之前来到了他的宿舍，他很诧异我这么早，待我说明来意之后，他毫不犹豫地从钱包里掏出八百元钱递给我，我飞奔回来，把钱递给了长江，他当时感激的眼神，让我现在都难忘。

手术后他老婆的病很快就好了，但他一直没还我钱，我知道他还不起，到后来我也不指望了，直到我离开济南他也没有还我，尽管当时我一点儿也不宽裕，花钱的地方也不少，我离开济南时身无分文，但我不后悔，能用自己一点儿微薄的力量，帮助他人摆脱生活的困境，我真的感到很快乐。直到今天，我还一直固执地认为，能够给别人，尤其是给那些在苦难中挣扎的人们一点儿小小的帮助，自己得到的幸福感其实也很多。但我欠的钱却是要还的。我当时的工资每个月只有八百多元，我积攒了两个月，才终于把钱还给了来哥。

二

我在济南最难忘的朋友，无疑是来哥。他是我舍友的大学同学，不时过来玩，很快就混熟了。我们第一次见面的时候，他说他姓来，来去的来，我惊讶居然世上还有这么一个姓。来哥中等身材，微胖，长我两岁，和我从事相同的行业。他毕业于中国人民大学金融专业，是研究生，年纪轻轻就做到他们单位科长的职务了。他性格平和，不喜欢和别人争，而且善解人意、乐于助人，很有亲和力，让人一下子就愿意和他交往。

有一次我到他家去做客，那时他才结婚不久，刚刚搬了新家，新房布置得相当漂亮，让我非常羡慕，不禁想：自己何时也能够有这么漂亮的房子，这么温暖的家？嫂子给我们包的饺子，为了照顾我的口味，她还专门为我调了四川的调料。吃饭的时候，我奇怪嫂子居然不上桌子来和我们一块吃，后来才知道，他们老家的风俗是客人来了，女人一般是不能上桌子的。我不禁很惊讶，来哥那么好的人，家里居然还是他们老家的风俗，居然还这么大男子主义。

那个春节，雨妈来济南，我们整个春节都住在他们家。他很喜欢齐秦的歌，家里收集了齐秦所有的磁带和一些海报，没想到他还是一个老追星族。有一次我们去玩卡丁车，那一天，正好齐秦在济南开演唱会，本来他也要去看的，但由于我没有兴趣，他只好作罢。恰好玩卡丁车的地方就在体育馆不远处，我们玩得很尽兴，回来的路上，我们走在一条绿树成荫的柏油路上，周围静悄悄的，只听见从附近的体育馆里飘来齐秦悠扬动人的歌声，我们就站在路边静静地听，直到演唱会结束，现在回想起来，齐秦的歌声好像还在耳边。说来奇怪，当时我对齐秦的歌一点儿兴趣也没有，甚至有点儿反感，但因为来哥喜欢，爱屋及乌，我也慢慢喜欢起来，直到现在他还是我最喜欢的几个歌手之一。

那时绝大部分人都还没有用上手机，传呼机是非常时髦的东西，来哥早早就买了一个传呼机，不时在我面前晃悠，嘀嘀地响，弄得我心里痒痒，也想买一个。来哥就给我做参谋，我们俩在电子产品一条街上到处瞎逛，最后我花了四百多元买了一个，让我爱不释手，自感洋气得很，但好像没用一两年，手机就逐渐普及了，我为了赶潮流，又拿出全部家当换成了当时最洋气的摩托罗拉的 LW2000，但十分悲剧的是，它第二天早上就掉到厕所里去了，让我郁闷了很久。

我现在能够回想起来的就只有这些琐事，却让我倍感温暖，在遥远的他乡，能有一个知心的朋友，能让我整个春节都住在他家，真是一件幸事，不知道他现在过得可好。

三

之后，公司搬家，我搬到了泉城路一家民房居住，这里离公司较近，但附近环境很差，周围好大一片区域只有一个厕所，生活很不方便，好在房租便宜。

房东老张是一个四十多岁的中年人，成天愤世嫉俗的，他应该遭受过巨大的灾难，脚跛了，听说是在上世纪七十年代时被人打断的，生活很艰难。他有一个乖巧的女儿，我叫她小张，她早早的没有了妈妈，和她跛脚的爸爸相依为命。她很听她爸爸的话，也很懂事，穷人的孩子早当家，真是这样的。

我和老张交流的机会不多，但 1999 年国庆，我和他们父女一起在他们家十分简陋的客厅里看五十周年国庆大阅兵的情景，现在还记忆犹新。

小张是个不谙世事的漂亮的小姑娘，正上初三，早已发育成熟，身材尤其好，才十五岁身高就有一米七，让人想不到的是，她居然是她们学校的游泳冠军。有一次，我和她一起去游泳，看着她穿着泳装完美的身材，不禁目瞪口呆。她在水中简直就是水的精灵，速度又快，姿势又标准，让我这个只会两下狗刨的旱鸭子羡慕不已。我明显感到她对我的崇拜，觉得我懂得多，经常往我这边跑，经常请教我一些课内、课外的问题，我都一一给她解答，久而久之，不禁让我这个青年男子心猿意马，想入非非。远离故乡和爱人，寂寞难耐，我真的差点儿把持不住，好在没有犯错误，我就离开了济南。

现在想起来真是羞愧，哎，小姑娘对我这么信任，其实她哪里知道她心中崇拜的大哥哥心里肮脏龌龊的想法，他其实就是一只披着羊皮的狼啊！圣洁和罪恶其实就在一线之间，我庆幸自己在她花儿一般年纪的时候，在她心中保持了美好的印象。

离开济南已经十五年了，当年那个乖巧懂事的小姑娘如今也快三十岁了吧。

四

搬家后，我每天都要穿过泉城广场到趵突泉附近的一家公司上班，平常没事的时候，我也喜欢在泉城广场散步，广场上绿树成荫，四季鲜花盛开，非常漂亮，尤其是广场上的鸽子，无疑是一道最亮丽的风景。大人和孩子们都喜欢到这里来喂鸽子，买上两袋饲料，然后轻轻撒一点儿在面前，或者放一点儿在手掌上，伸出手臂，鸽子们也不怕生，很快聚集过来，有的甚至跳到你的手掌上啄食，让人觉得手掌心痒痒的，很有意思。

有一天傍晚，我加了一会儿班才回宿舍，天刚擦黑，广场上稀稀拉拉的没两个人，不知不觉来到了那片鸽子区。突然，我发觉有些异样，鸽子们正惊慌失措地到处乱跑，却不飞起来（可能是到了晚上，鸽子很少有飞起来逃跑的），两个年轻人正在鸽子群中抓鸽子，抓到一只就往他们带来的口袋里扔，其中一个居然抓到鸽子后便使劲地往地上摔！我不禁又惊又怒！居然还有这种事情！简直不可思议！多么美丽的鸽子，泉城广场上一道多么美丽的风景！带给人们多少快乐！居然还有人在打它们的主意！那些可恶的家伙，为了卖鸽子给餐馆赚钱，他们连这种我们想都不敢想的事都做得出来！我真想上去揪住他们，狠狠地揍他们一顿，但身体瘦弱的我哪是他们的对手呢？我赶快来到一家公用电话摊，拨通了 110 的电话，告诉警察这里的一切！可惜，当警察赶来的时候，这两个可憎的家伙已经逃之夭夭了！满地散落着鸽子的羽毛，血迹斑斑，一片惨状，让人心痛不已。

我们可以贫穷，但我们不能没有底线。

五

留在心中最深的记忆，是我和雨妈在济南的点点滴滴。

盛夏的七月，我忐忑地来到济南，刚参加工作，不知道工作是个什么样子，一切都还没有安顿好。有一天，她突然打电话给我，说她已经身在济南，我还以为她在开玩笑，因为我们分开才半个月，并且那时从成都到济南要转几趟火车，需要两天三夜，人多得要命，车厢之间的过道都挤满了人，要经历多少辛苦，我刚刚从成都来到济南，完全体会得到，何况她孤身一个年轻女子，而且没有座票，真不知道她怎么熬过来的。当她一下出现在我面前的时候，我才知道她真的来了。她悄悄地来到济南，说要给我一个惊喜，我们才分开半个月，她就受不了了，我们紧紧地拥抱在一起，那是我一生最幸福甜蜜的拥抱，没有之一，后来，她告诉我说她也是。青年男女之间的爱情，有时再大的困难都无法阻挡。

我在济南工作近三年，每个假期我都盼望她来。每半年我都要存两三千元钱，只为她来。每次我们都把钱花得精光，只留下她回成都的路费和我熬到下个月发工资的生活费。有一次我送她回成都，结果她把车票、身份证和身上仅有的两百元钱都丢了，哭哭啼啼地从火车站回来，哭得像个泪人，一个劲地责怪自己，我赶紧把身上所有的钱都给她，好不容易把她送上火车。之后，我是靠借钱才把那一个月熬过去，现在想起来就心痛。

那时，我对计算机技术十分着迷，一则是自己的专业和谋生的手段，二则计算机本身也的确让人着迷。我如饥似渴地吸收着各种计算机知识。有一年大年初一，我值班没有回家，她来济南陪我，那天正下着大雪，我们冒着大雪，打的去山大路的一家商店买软件，那里却没开门，我们稍微有些失望，但很快就不在意了，其实，我们俩都知道，只要我们在一起就好。回来我们没有坐车，一路步行往回走，漫天的雪花纷纷扬扬地飘下来，路上行人很少，天底下仿佛只有我们两个人，早忘了买什么软件，但那天漫天飞舞的雪花，和她依偎在一起步行回宿舍的情景却永远印在了记忆的最深处。

她大学毕业后，工作也没找就来到济南，我只好辗转托人去帮她找工作。我最做不来这种事了，但也只有硬着头皮上。我记得我们一起去商场，买了一件八百多的羊毛衫和一瓶五粮液，送给帮我们忙的人，花了我当时几乎一个月的工资，那么贵的羊毛衫自己根本舍不得穿，那么好的酒自己也根本舍不得喝。但这一招真的管用，她进到了济南一家制造电视的工厂，我以为我们就会在济南安家了。但生活总是那么出乎意料，没多久，她就收到了研究生录取通知书，她以本专业全校第二名的成绩考取了我们学校的研究生，我们俩多么高兴啊！但也让我感到踌躇，我们又要分离好几年。最后我们约好，她回成都继续读研究生，我找机会也回去。

她前前后后一共去了济南七次。我们之间历尽坎坷，其间分分合合，幸运的是最终走到了一起。现在看来，我和她在济南的那几年，其实可以用短短一句话概括：艰苦但幸福。

2000年3月，我终于回到了成都。这个在我大学毕业时一刻也不想再待的地方，当我再次踏上这片土地，我知道，今生今世我不会再离开了。这十多年来，我或者出差，或者旅游，到过中国许多地方，算来有近二十个省了吧，唯独没有机会再回到济南，看一看来哥，看一看小张和其他在我生命中留下浓浓印迹的人。在我四十一年的人生旅途中，济南那三年，算不上长远，不过是短短一段距离，但那里善良的人们，却给我留下了甜蜜美好的回忆，让我心存感激，在我步入社会，刚刚参加工作的时候，给予我帮助，让我在异乡不再感到孤独。

下 棋

　　经常在茶馆里、公园里、马路边看到围着一圈人，走近一看，原来是在下棋。所有人的目光都聚集在正中央的那块小小的棋盘上，表情十分的专注，都在为自己支持的一方想办法，希望自己的见解与众不同，得到下棋人的采纳，以彰显自己的聪明才智。常言道："观棋不语真君子"，但这个君子当起来实在憋得慌，在做小人还是君子之间稍微挣扎了一番后，立即决定，这个君子不当也罢，于是其中一个道："跳马嘛，跳马你看他麻烦得很。"另一个道："明明该拱兵，拱兵你说他咋走。"又有一个小心翼翼道："其实我觉得应该稳妥点，先把自己的像飞起来再说，以不变应万变。"还有一个道："找死呀！大哥！那是人家马口上！"大家七嘴八舌，经常让正在下棋的两个人无所适从，真正下棋的人反倒远没有旁边的人忙碌。不过，看似大家叽叽喳喳，闹得人心慌，讨厌得很，其实下棋的乐趣，正在于此。

我也喜欢下棋，闲来无事下上两盘，还真有意思。一旦遇到水平相当的人，那真是"将遇良才，棋逢对手"，杀得昏天黑地，十分紧张，早忘了时间。不过在现实生活中要找到和自己水平相当的人，还真不容易。随着计算机网络的兴起，面对面下棋的人大为减少了，在网上下棋的人却多起来，但乐趣依然。

说来奇怪，作为一个从事计算机工作多年的人，却一直对技术进步持保留意见，连我自己都觉得诧异。电子邮件瞬间到达，再也没有了以前等待来信时期盼美好的感觉；QQ与微信让远在天边的人们近在眼前，让久别重逢的喜悦大打折扣；网上购书让以前经常沉浸在书店书香中的我有一种莫名的失落……我希望科技对人们的生活影响小些，再小些，生活节奏慢点儿，再慢点儿。闲来买本闲书，买份报纸，再泡上一杯清茶，然后坐下来悠闲地看书、读报，多么惬意啊！或者和朋友们聊聊天，打打牌，打打麻将，下下棋，逛逛街，离手机远点儿，离电视远点儿，离电脑远点儿，那种舒缓的节奏，一直是我向往的生活，但现在看来，这种生活对我来说，也许永远只是"镜中月，水中花"。

但计算机网络对于下棋，却是绝对方便。在网上下棋，对方是男是女，是美是丑，是老是少，是在成都还是在上海，都不知道，也不关心，只要大家在一起享受棋盘上的美好时光就好。在你等人的时候，在你等车的时候，掏出手机，连上QQ游戏，在象棋空间里杀上一盘，时间很快就过去了，紧要关头，你甚至希望你等的人别出现，你等的车也慢点儿来，根本就感觉不到等待的无聊。

网络上什么样的人都有，温柔的，双方上来什么废话也没有，就着力厮杀，这是最舒服的状况。但废话多的大有人在，比较礼貌的来一句"快点！我等到花儿也谢了。"稍微讨厌的来一句"我等的棋盘都快长毛了！"最令人可憎的是那种走一步就催一步，后面还跟上一句："你的棋真臭啊！"让你气炸肚皮，根本没法静下心来，经常导致发挥失常，真想揍他一顿，但鞭长莫及，奈何他不得。遇到这种人那算倒霉，下完一盘，无论输赢，赶快逃之夭夭，溜之大吉。

还有遇到那种慢性子的，很久才走一步，让你心中毛焦火辣却无能为力，人家一会儿和别人聊会儿天，一会儿喝口茶，一会儿看个新闻，然后才慢吞吞地回来走上一步。所以在QQ象棋中设置时间时一定要小心，每步棋间隔不要设置得太长，否则遇到这种人你会被逼疯，只好强行断线，扣很多分，自认倒霉。还有遇到那种老喜欢悔棋的，一盘棋要悔好几次，你不同意他悔棋呢，他还骂骂咧咧的，不时发过来一句难听的话，把你气得发疯，我最讨厌这种人。常言道："落子无悔"，输了没关系！再来嘛！还有遇到一种很可气的人，他快要输了，居然发来一条消息："大哥，和了吧。"看了这种话，真让人哭笑不得。哎呀！兄弟！我费了这么大的力气，胜利就在眼前！你居然要求和棋！这种话你怎么说得出口！

我的棋力不高，但也不太差，在QQ象棋上最高下到一级，那些大师呀什么级别的根本不敢去招惹，人家也不屑和我过招；水平差的自己又不愿下，一则没劲，二则赢了没两分，输了却扣分惊人。所以，还是要双方水平差不多的下起来才过瘾。

有一天中午，我在我们公司附近的一家面馆吃面，等待的时候，我在QQ象棋空间和一个与我级别相同的棋友杀得昏天黑地，难分难解，十分过瘾。其中有一局棋场面他一直占优，气势咄咄逼人。正在我难以招架、逐渐丧失信心的时候，他攻得正起劲，哪知后院起火，一个疏忽，被我用炮打了他一个"背篓"（被我将死了），我不禁高兴得哈哈大笑，情不自禁地对着手机说："看你凶！乐极生悲了吧！"旁边吃面的人向我投来诧异的目光，我才发现自己失态了。正当我扬扬得意的时候，就在那一刹那，断线了！哦！请不要这样！悲剧呀！这快乐和痛苦转换得太快！煮熟的鸭子居然一下子飞走了！原来，乐极生悲的人不是他，是我！我气得恨不得把手机扔了！算了，刚买的 iPhone5，舍不得。待到重新连上线，一看自己一下子被扣了二十多分，系统居然算是我逃跑！弄得我郁闷了好一阵子。

不禁怀念起大学的一段日子来。大三时，刚入大学的新鲜感早已过去，剩下的只是空虚无聊和寂寞难耐，经常在周末时发慌，不知如何打发这难挨的时光。恰好我的一个老乡大学毕业后分配到成都一家制造模具的工厂，他初中高中都是我的校友，也是我整个中学时期很好的朋友，没想到能在成都遇见他，真是又惊又喜。当年高中毕业时，他说他要去离家乡很远很远的地方，于是他去了东北，几年后他又回到了四川，才知道理想和现实是那么遥远。

他也是一个象棋爱好者，并且水平还不错，我常常在周末下午到他宿舍里去和他下棋。那时条件比较艰苦，他做饭还是在他宿舍门前的过道，用一个烧煤炭的炉子煮饭炒菜，然后买上一点儿卤菜，再来两瓶啤酒，我们俩就在远离家乡的一间简陋的小屋里，喝着啤酒，聊着天，感到十分惬意。吃罢饭，泡上一杯浓浓的花茶，摆上棋盘，拉开架势，开始厮杀起来，一下就是一个通宵，他的棋力较我为高，我十盘只能赢他两三盘，但我不以为意，赢了只是淡淡的喜悦，输了也不沮丧，在离家乡很远的地方，在寂寞空虚的周末，能和年少时的好朋友在一起共度美好时光，真是一件幸事。天快亮时，我们俩都哈欠连天，实在来不起了，才鸣锣收兵。下完棋，我就在地上打个地铺，很快就进入了梦乡，一直睡到第二天下午，才满足地回到学校。那段当时觉得十分无聊的日子，现在回想起来居然是那么美好。

我和他的友谊，从初中一年级的第一盘棋起，一直保持到现在。

去看世上最美的风景

人有时真奇怪，有些人或事，曾经让你那么疯狂，现在却淡了，就像年少时那么着迷的乒乓球，就像曾经痴迷追逐的女子，随着时光的流逝，都慢慢地淡了；而一些你曾经漠不关心，甚至反感讨厌的东西，现在却是那么吸引你，风景就是这样的。

香格里拉

好多年前去过香格里拉，大部分经历已经淡忘，但每当想起它，眼前总是浮现出高原上那座安详宁静的美丽小城，小城边一潭清澈的湖水，湖水旁边一条悄无声息的木头小路，还有那个位于湖中央圆圆的、烟雨朦胧的小岛。

那天，从属都湖出来，天空中下起了小雨，还夹着雪花，天气十分阴冷，我没想到九月中旬香格里拉就下起了雪，在我们那里，还穿着衬衣哩！领队说："下一个就是碧塔海了，和刚看过的属都湖差不多，看大家还去不去。"十多个团友大部分都打起了退堂鼓，我也随大家上了车，准备回宾馆，但我心实在不甘，这么美的风景，就在眼前，岂能就这么错过！车就快开了，我对领队说："我想走过去，然后自己回宾馆。"感谢自己无比英明的决定，而这次风雪中的沿湖步行，无疑是这次香格里拉之行的精华。

从温暖的车中下来，我一下子感到寒气逼人，抖擞精神，沿着湖边干净整洁的木质小道一路前行。雨很小，淅淅沥沥的，路上一个人也没有，只有我踏在木头路上咚咚的脚步声。路的右边是原始森林，树木又高又大，遮天蔽日的，在密林的深处，不知有没有人类的足迹。在迎面的路上，偶尔垂下像雾一样的松萝，触手可及，轻轻一拉就碎了，听人说，只有空气质量好到了极致，松萝才能够生长。左边是烟雨中的湖面，相比晴日中的风景，我更喜欢雨中的湖。一路上，雪大起来了，漫天飞舞的雪花，轻轻地落在湖面上，转眼间就化了，居然偶尔还有不知名的水鸟轻轻飞过。远远地，一个小岛出现在我的眼前，没想到这个湖里还有一个小岛，我来了动力，顶着风雪，奋力向前走去。慢慢的小岛近了，看得越来越真切，真的是哩！在离小岛最近的地方，我停下了脚步，小岛圆圆的，在一水之隔，我伫立在湖边，周围白茫茫的，静悄悄的，只有雪花打在湖面上，打在我的雨伞上，发出沙沙的声音，湖面上隐隐有些薄雾，在薄雾和漫天的雪花间，小岛显得有些朦胧，我静静地站着，欣赏着这无与伦比的美，仿佛天底下就只有我一个人，整个碧塔海都是我的。

多美啊！我不禁十分庆幸起来，感谢自己在车上那一瞬间的坚强，才让我有机会领略到如此美妙的风景，当时我真的差点儿随着大部队一起回去了。我一路同行的团友们，他们得多么惋惜和遗憾啊！这么美丽的风景，近在咫尺，却因为畏惧其实并不太大的风雪，在最后关口，和它擦肩而过。人们常说："世上最美的风景常在险远的地方。"是啊！那种经历过辛苦后才领略过的风景更让人难忘！

一个湖，一个岛，一个人，还有漫天飞舞的雪花，这就是香格里拉留给我最美的印象。

三 亚

又是一年的秋天，该出发了，一个声音在耳边催促我，放下生活和工作中的烦心，不顾一切地远行，这次去看海。

可惜亚龙湾的海的确让我失望，这个在我心中一直很有分量的地方，显得是那么的嘈杂和凌乱，整个海滩到处都是人，有的地方还正在修建，到处乱哄哄的，亚龙湾，这个好听的名字，让我好失望。

失望过后是惊喜。

第二天刚过午后，我们来到了大小洞天。沿着海边的小路，我一直坚持走到了终点，一路的美景让人压抑不住内心的喜悦，我真想手舞足蹈一番，我真想对着大海大声地呼喊。已经是十月底了，各种鲜花却开得正欢，到处是葱绿的植物，到处是清爽漂亮的椰树林，路的左边散布着各种景点，右边是蔚蓝的大海，海水比亚龙湾的水清澈干净多了。靠岸是一块块形状各异的礁石，长年累月被海水冲刷，十分干净漂亮，点缀着海边。我不禁动了未眠的童心，脱下鞋，卷起裤脚，下到海中，好舒服啊！捡起一块石头，奋力向大海深处扔去……

这么美的景致，居然稀稀拉拉的没几个人，但这样才恰到好处。快五点了，稍微有点儿累，就在旁边的小卖部买了一个椰子，一碗凉皮，然后坐在一条石头长凳上，靠着石桌，面对着大海和椰树林。夕阳透过椰树林照过来，照在不远处那一对荡秋千的情侣身上，照在旁边追逐嬉戏的孩子们身上，他们都是那么快乐和放松，到处都金灿灿的。我就这么悠闲地坐着，吸一口椰汁，吃一口凉皮，欣赏着夕阳西下的海景，听着海水拍打着岸边的声音，内心是那么幸福和安宁，愿一生一世都这么坐着，生活多美好啊！

真的没想到大小洞天的海会这么美，美得让人感动，这种感动，我仿佛只在九寨沟的五花海前有过。真不好意思，我来三亚之前，居然不知道它的名字，在途牛网上选择路线时，歪打正着选中了它，可恰好它才是这次三亚之行的精华。我曾见过青岛的海，威海的海，深圳的海，泰国的海，它们都赶不上大小洞天的海的美。雨儿看了我在三亚拍的照片说："真美啊！"小家伙真的体会得到吗？

不过，一个人欣赏大小洞天海的美，让人倍觉孤单。

塔克拉玛干沙漠

没去新疆之前，我对新疆呀，西藏呀这些地方毫无兴趣，这些偏远之地哪有我们内地的青山绿水漂亮！一个偶然的机会，我有幸横渡了整个南疆，让我对新疆的印象彻底改观，原来这些印象中的不毛之地却是另一番景致。

在去喀什的途中，我们要穿越塔克拉玛干大沙漠。在沙漠的入口处，是好大好大一片胡杨林。导游老张说："胡杨林要到深秋的季节最美，叶子金灿灿的，像画一样，可惜现在还不到时候。"但我觉得这已经够美的了。车慢慢进入了沙漠公路的深处。起风了，公路上飘舞起漫天的黄沙，阵势十分惊人，我不禁担心起来，这漫天的黄沙会把公路掩埋掉吗？幸好不久风就停了，公路上还是干干净净的，并没有留下什么沙子，真让人奇怪。这条公路横穿整个沙漠，近五百公里的路，如今只需要八个多小时，古时候人们要到对面去，不知要几个月了，真可谓是"天堑变通途"了，修建这条公路的人们真是伟大呀！

公路两旁种着耐旱的沙漠植物，每隔一两公里就有一个沙漠公路维护点。我们在沙漠深处的一个维护点停车休息。置身沙漠深处，却不用担心安全问题，想一想就感到奇妙。维护点里是一对夫妇，四川南充人，想不到在这样的沙漠深处还能碰见老乡。屋子里很简陋，连一些基本的生活用具也没有，他们在这里怎么生活得下去？听他们说，他们已经在这里待了整整三年没回过老家了，孩子在老家由爷爷、奶奶带。除了一两个月搭便车出沙漠买一些日常生活必需品外，他们就一直待在这里，早晚温度较低的时候，就给维护点两边一公里左右的植物浇灌。工资才一千多元钱，也没地方花，积攒着寄回老家。房子后面有一口深挖的井，有一百多米深，是用来灌溉植物的，饮水也靠它，但碱性比较大。

我们在房子后面的沙丘上欣赏沙漠的景观，拍照留念。这是我第一次看见沙漠，尽管心里有准备，但还是被深深地震撼了。漫漫的黄沙，一眼望不到头，头上骄阳似火。沙子很细，比我在海边见过的沙滩还要细，软软的，穿了球鞋踩在上面也觉得热气逼人。听他们说，在这样的沙漠里，还有狐狸，老鼠，蛇，他们养的鸡还被狐狸偷过。我很惊讶，在这寸草不生的沙漠腹地，居然还有动物，动物的生命力也真是顽强。其实，这对夫妇的生命力不也同样的十分顽强吗？我们上车了，他们送我们出来，车走很远了，回头一看，远远的还看见他们站在那里向我们招手，慢慢地变成两个小点直至消失。我的眼睛一湿，泪水夺眶而出，这个世上有的人什么也没有，有的人却得到太多。他们几乎一无所有，但还是送给我们一点儿沙漠的特产。我知道，我们匆忙的邂逅，今后不可能再相见。

泰　国

终于踏出了国门，来到了泰国，那金碧辉煌的大皇宫，妖艳的人妖，还有那个憨直的导游阿龙，美丽的泰国之行让我如此的难忘，尤其是人妖让我恻然，我在一艘船上曾零距离地见过他们，如此的娇娆妩媚。听阿龙说他们的命运其实很悲惨的，他们的寿命才四十岁左右，许多人妖都是穷人家的孩子。我很震惊，真没想到他们看似美丽的青春，竟然充满了心酸和泪水，他们在客人面前强装欢颜，辛苦赚来的钱也大都胡乱挥霍一空，他们的人生，注定就是一个悲剧啊！

我们在泰国的最后一站是湄南河。我们一大群人挤在入口处等待上船，入口处乱哄哄的，连一个坐的凳子也没有，我们一直站着等了近两个小时，十分窝火。终于轮到了我们，大家一窝蜂地上了船，船很不错，分上下两层，又干净又整洁，还有一个漂亮的阿妹为我们唱歌，歌声甜甜的，让人心醉。丰盛的晚餐上来了，我们一边品尝着美食，一边欣赏着两岸旖旎的风光，感到十分惬意！船顺流而下行了十多公里，我还觉得不够，真想再开远一点儿。天色渐渐暗下来，两岸的灯火起来了，该往回走了。我和雨儿在甲板上追逐着，玩得很开心，天空好像突然抖了一下，一下子变黑了，突然听到有人大声惊呼，我和雨儿停止了嬉戏，猛一回头，我突然惊呆了，在这条河的尽头，一弯金黄的新月摇曳在水中，灿烂的星光和灯火相辉映，哪里是星光，哪里是灯火，哪里是空中月和水中月，我已经分不清，这绝对是我有生以来见过的最美的月亮和星光，比我在青海湖畔那次见过的还要美，几个小时无聊的等待一下子得到了加倍的补偿。整船的人都欢呼起来，他们也和我一样，被这"此景只应天上有"的美景深深地打动。

后来，这一幕河尽头璀璨的星光和灯火，这一弯金黄的水中月，成了我泰国之行最美的画面。

西　湖

我奇怪自己对西湖居然没有一言半语的记录，到如今，我已经去过西湖九次了，而且在我幼小的时候，在我没有领略过其他风景之前，它在我心中牢牢地占据着第一名的位置。慢慢的我才知道，是我不敢，它的名气实在太大，它的人文历史实在太厚重，它的记录实在太多、太过精彩，让我不敢下笔啊！

算来好快，我和西湖的第一次相逢已经快八年了，那一年的夏天，我很疲惫，抛开所有，我不顾一切地来到了梦中的西湖，就住在西湖边的一家宾馆，整整四天，我都待在西湖边上，苏堤、白堤、断桥、岳坟、武松墓、雷峰塔、还有白娘子和许仙动人的传说，她们虽从未谋面，却早已那么熟悉。在一个炎热的下午，我坐在孤山湖边的一条长凳上，面对着一湖尚还残留的荷花，坐了一个下午，累了，就枕着书，躺在长凳上小睡，直到保安来把我叫醒。那是我第一次体会到美丽风景带给我巨大快乐和内心的安宁祥和。

从西湖回来，我就离开了原来的公司，告别了痛苦也快乐的十年，而这了断，恰好就是西湖啊！

后来，我又八次来到西湖，每次都让我快乐无比，我曾经在烟花烂漫的三月步行绕西湖一圈，也曾在月朗星稀的夜晚和朋友坐在西湖边畅聊，我在欣赏西湖美景的同时，也感受着它绵长多彩的文化，在那时，我不知不觉地感到很庆幸，我生在了中国，我是一名汉族人，让我有机会从小到大接受灿烂汉文化的熏陶，从内心深处感受到它的魅力。

现在，我坐在这里，这些年去过的那些美丽的地方，像幻灯片一样从我眼前一幕一幕的闪过，我知道，在我的有生之年，这些美丽的风景还会一年一年地增加，我还会去西藏看最纯净的蓝天，去马尔代夫看最蓝的大海，那些曾经去过的美丽的地方，在我和它们告别的时候，就和它们有了约定，我还会回去看它们。直到将来我老了，快要走不动了，感觉自己大限将至的时候，我就悄悄地去九寨沟，在一个没有人的地方悄无声息地倒下，然后化成泥，化成灰，和这世上最美的风景融为一体。

泸沽湖小记

我第一次见到泸沽湖，是很久以前在介绍云南旅游的一本画册上，蓝天白云下，湖面上荡着几艘猪槽船，里面悠闲地坐着几个美丽的摩梭族少女，手里拿着桨，脸上带着甜甜的微笑。她给我留下了神秘而又美好的印象，盼望着有一天去看她。

可是，中国的美景那么多，黄山、九寨、西湖、桂林……多得数都数不完。即使是云南，我最先去的也是丽江和香格里拉，无论如何，暂时还轮不到它。

今年端午节的前几天，我们一家人还没有出行的计划。直到放假前两天的晚上，雨儿妈突然提议说："要不我们去泸沽湖吧，听说那里很美。"我不假思索地就答应了，是啊！也该去看看它了。

我们提前了半天出发，当晚住在西昌。当我们到达西昌的时候，离天黑大概还有一个小时，我们一家人慢慢地绕邛海而行，沿湖非常漂亮，一路满是盛开的鲜花，只可惜天很快就黑了，没有尽兴。那里悠闲的人们给我留下了深刻的印象，有钓鱼的，有游泳的，有静静坐在湖边发呆的，有饭后一家人出来散步的……在第二天早上离开西昌之前，我在湖边用手机感慨的写下了下面这段话：

"拜拜！邛海。两次见你都是那么的匆忙，路程还好远，目的地在泸沽湖。我最喜欢你夕阳西下的时候，每个人都好放松，放松得想停留下来。和他们相比，我的工作生活真糟糕，精神长期处于紧张状态，真希望将来有一天，也能过上邛海边上人们一样悠闲自在的生活。"

从西昌到泸沽湖，只有短短的二百六十多公里，但山道难行，还遇到几次堵车，我们足足开了七个小时，才到达泸沽湖。幸好一路有雨儿，笑话连篇，也不觉得时间难挨。

雨妈问他："爸爸开车，我坐他旁边，你以后开车谁坐旁边。"

雨儿说："我老婆。"

雨妈说："我想坐你旁边。"

我说："我也想坐你旁边。"

雨儿说："那你们三个人都坐我旁边吧。"

雨妈说："这样不行，违反交通规则的，只能坐一个人，我好想坐你旁边。"

雨儿说："好吧，妈妈坐我旁边，爸爸和我老婆坐后面。"

我说："让我和你老婆坐后面，不好吧……"

雨儿无奈地说："那……我也不知道怎么办了。"

当我们到达宾馆的时候，天色已经晚了。

这家宾馆的餐厅真好，就在湖边，泸沽湖的美景尽收眼底。夕阳斜斜地照过来，湖面闪闪的，一片金光，对面的山谷整个一片金黄，让人心生"夕阳无限好，只是近黄昏"的感慨。尤其是湖风，很大，却很舒服。只是菜的价格贵得过分，我们心一横，豁出去了！可惜菜的味道连雨儿妈的手艺都不如。倒是一个不知叫什么名字的竹笋，味道特别好，我想再点一份，雨儿妈说："吃得心欠欠的更好。"有道理！我现在还在回味它的味道。我们一直坐到天黑，雨儿妈说："我们不是来吃饭的，是花钱来买位置看风景的。"这次很像去年我在三亚大小洞天的黄昏，美丽的夕阳，清爽的海（湖）风，只是去年我是一个人坐在海边，而这次却是我们一家人。

晚上一家人站在阳台上看星星，模模糊糊地看不太清楚，有点儿失望。我忽然灵光一闪，说："把灯关了再看一下呢？"关了灯，适应了一下，我们全家都欢呼起来，满天的繁星一颗一颗那么大，那么亮，美极了！雨儿妈指着对面那颗最亮的星星对雨儿说："那颗星星送给你。"雨儿一本正经地说："它太远了，那么高，摘不到的。"我说："赶青海湖的星星和月亮还是稍差那么一点点。"

来之前，刚看完一部连续剧，名字叫《来自星星的你》，真好看。

第二天一早，我们计划绕湖一周，哪里好玩就在哪里下车。开始的时候，还是有点儿小小的失望，没有印象中的好，但总体还是不错。

体会到泸沽湖美的时候，也经中午了，在小落水村，我们和另一家人合乘一艘猪槽船，艄公买力地划着桨，往四川和云南交界的那个小岛划去。置身湖的中央，蓝蓝的天空，洁白的云朵，明晃晃的阳光，清澈的湖水，把我们团团裹着，我们仿佛就要融化在这青山绿水中了。

这时，恰好另一艘猪槽船经过，伴着蓝天白云，阳光湖水，山色倒影，那画面美得让人窒息，我赶紧掏出手机，把这一瞬间的画面永远定格住。原来，自然的美景，只是因为有了人的参与，才显得更加动人。

划到湖中心，靠近小岛，水十分清澈，可以直视水底，水中的鱼儿自由自在地游着，好像悬在空中。把手浸入水中，好清凉的水啊！划船的当地小伙说："这是女儿国的水！喝了男女都要生孩子的，并且都会变得更漂亮哟!"我们都忍不住喝了几口,雨儿更是敞开肚皮使劲喝,喝完之后问雨儿妈:"妈妈,你看我变得更帅了吗?"雨儿妈连连点头说:"变帅了,比以前帅多了!"

我们问划船的小伙子:"走婚是真的吗,也太随便了吧!那关系可不就乱了套。"小伙子说:"其实也不像外界传说的那样,青年男女之间的走婚,也是建立在感情基础上的,基本上还是固定的伴侣。"来之前,朋友们跟我开玩笑,叫我背着雨儿妈,偷偷地去过一把走婚的瘾。

我们往回划的时候,雨儿的好朋友唐浚格请他妈妈给雨儿发来微信:"朱雨,你一定要去划船哟!那是最好玩的!"真是这样,连我这种一把年纪的人,体会和几岁的孩子没什么两样,在这里,我们和美丽的泸沽湖进行了最亲密地接触。这时,我们已经完全沉浸在泸沽湖的美景中了,原来,欣赏泸沽湖的美,不要隔得太远,一定要贴近它,这样才能体会到它的好。

我们在傍晚时分到了里格岛。我认为这里是泸沽湖最美的地方了,只可惜岛上的宾馆没有订着,早早地就被预订完了。头顶上一朵大大的云遮住了阳光,从侧面照出来的里格岛一片阴暗。正在我们有点儿失望的时候,太阳从云缝里探出头来,整个湖面一片金光。"快看!"雨儿妈一声惊呼,我们赶快掏出手机,拍下了都自认为这次泸沽湖之行最美的画面。

回到宾馆后,雨儿在镜子前照过来照过去,说:"可是我觉得怎么还是跟以前一样帅呢?"

这次泸沽湖之行给我们一家人都留下了极其美好的印象,没有做任何旅游攻略,我们迷迷糊糊地就来到了泸沽湖,这样也好,一切都感到新鲜。只是路途太辛苦,来回都开了十三个小时的车。不过人很少,也许正是由于路途遥远辛苦的缘故,"养在深山无人识",这真是恰到好处。欣赏美景,一定要人少的时候,大部分有名气的景点在节假日人多为患,游人们不是去看风景，而是去看人，那可太糟糕了。这算是对我们辛苦旅途的回报吧。

早上出来不久，过了情人滩，在下一个观景台，一个四五岁的小姑娘来向我们卖桃子，蓬头垢面的，浑身很脏，整个观景台就她一个小姑娘，那么瘦小，她的爸爸、妈妈怎么放心她一个人在这里呀！雨儿妈给了她十元钱，却没有要她的桃子。她见了雨儿，一直问："哥哥你有玩具吗？"雨儿不回答，跑到一边去，其实车上放着几个陀螺，那是我刚给他买的六岁的生日礼物。我和雨妈都动了恻隐之心，很显然，这个可怜的小女孩应该几乎从来没有玩过玩具。和她相比，雨儿是多么幸福啊！我对雨儿说："小雨，把你的陀螺拿来和妹妹一起分享好吗？"雨儿很舍不得，但还是拿出一个他相对不喜欢的陀螺送给小姑娘，并且手把手地教小姑娘在旁边的空地上玩，小姑娘高兴得不得了，一直开心地笑，慢慢地雨儿也高兴起来，他应该也体会到了帮助他人带给自己的快乐。

这里的湖水美得让我和雨妈不忍离开。当我们上车的时候，小女孩还站在车窗玻璃旁边，舍不得我们走。车慢慢离开了，回头一看，在那个美丽的观景台上，又只剩下那个可能还不到五岁的小姑娘，痴痴地望着我们慢慢远去的方向，手里还拿着朱雨送给她的陀螺。

苏州记

　　小时候，爸爸为了谋生，从我们老家的小县城到成都、杭州、苏州学过手艺，回来之后，便向我们吹得天花乱坠，说什么"上有天堂、下有苏杭"，漂亮得不得了。还给我们讲了一个故事，说他在苏州见过有人吃了一碗汤圆，花了六十元钱，还说得斩钉截铁。不过我们都把它当作笑话，因为六十元钱在那时几乎将近爸爸一个月的工资。但这几个美丽的地方，从小便深深地印在了我的心里。如今，我已经在成都安了家，儿子是地道的成都人；杭州也去过八九次了，西湖各个季节我都去过，我甚至在烟花烂漫的三月，步行绕西湖一圈。唯独苏州，连同她美丽的园林，我却无缘造访，什么时候才有机会看看你美丽的容颜？

　　现在，我终于来到了苏州，就站在拙政园古朴而精致的大门前。

春天的拙政园

拙政园分为东、中、西三个园，而以中园最美。站在中园的入口处远远望去，眼前是一潭碧绿的湖水，水面很开阔，映着蓝天白云和周围的亭台楼阁，水中倒影随风晃动，让人感觉如梦如幻。湖的对面是北寺塔，北寺塔不在拙政园内，却感觉和拙政园浑然一体，这就是所谓的借景，是当年拙政园设计者的得意之笔。湖的两岸，亭子、楼阁、廊桥、假山，错落有致，其间点缀着各种各样春天的花朵，桃花、梨花、梅花争奇斗艳，开得正欢。尤其是那一株株刚吐出新芽的柳树，绿得那么亮，那么清新，那么干净。一阵春风吹过，空气中送来淡淡的花香，沁人心脾。早春的太阳柔柔的，给整个园子披上了一层金色的外衣，阳光照在湖面上，闪闪的，有点儿炫目，照在游人的身上，暖暖的，一点儿也不晒人。走累了，坐在园中央水边的石栏上休息，看着身边来来往往的人群，他们脸上都洋溢着幸福的笑容。我能怎么形容你呢？我把你比作美丽的女子好吗？西湖有西施，有没有比西施更美的女子？我去过北京的颐和园，也是在春花烂漫的时候，但我以为，尽管她是皇家园林，却是比不上你的，我更喜欢你的模样；六年前，当我第一次到杭州西湖的时候，不禁惊诧于她的美丽，但当我目睹了你的芳容，我真的觉得，至少从精致层面上来说，西湖只有甘拜下风了。

听雨轩、荷风四面亭、见山楼

拙政园有一间小小的屋子，叫听雨轩，在拙政园众多美轮美奂的亭台楼阁中，一点儿也不起眼，但我却最喜欢它。屋外栽着几棵芭蕉树。下雨天，主人就坐在这间小屋里，临着窗，听着雨打在芭蕉叶上的声音，让时光慢慢地流逝。我真没想到园子的主人会有这样的情趣。我也很喜欢雨天，喜欢下雨时坐在家里的阳台上，旁边放上几本书，或是一本传记，或是一本画册，甚至是一本专业书，这都没有关系，我都不介意，让滴滴答答的雨声作为我看书时的背景音乐，那是多么惬意的事啊！

荷风四面亭在园子的中央，亭亭立在水中。这里是拙政园最美的地方。四面弯弯曲曲的走廊通向其他的建筑。旁边就是有名的香阁、远香堂和廊桥。这里就像它的名字一样，在夏日，周围满是盛开的荷花，坐在亭子里，清风习习，荷叶飘香，这是怎样的享受啊！可惜现在却看不到，只能想象荷花盛开的场景。

见山楼是一座十分精美的楼阁，是主人和朋友们谈诗交友的地方，其名取自陶渊明的诗句"采菊东篱下，悠然见南山"。站在楼阁的走廊上，却怎么也见不到山，不知道主人缘何取这样一个名字。这首诗可能是中国古代最好的田园诗了，相信稍微了解中国文化的人都曾读过。陶渊明生前其名不扬，更有甚者居然将其才华列为中等，多亏南北朝时梁朝太子萧统的推崇，这个中国历史上光辉灿烂的名字才流传下来。这首诗我很小的时候就曾读过，连同他那篇著名的《桃花源记》，那时根本体会不到其中的妙处。随着年岁的增长，阅历渐深，体会了生活的艰辛，才逐渐体会到诗文的意境，这种意境，不正是自己追求的目标吗？

听 戏

穿过一段走廊，隐隐听见前面有唱戏的声音。过去一看，见是一间茶房，里面已经坐了几桌客人。对面正中央有一张桌子，桌子前面挂着一块红色的绸布，上面写着"苏州评弹"四个字。两旁坐着一男一女，年龄大概都不到三十岁，男的面容儒雅，身穿灰白色的长袍，手里抱着三弦，弹得很是投入；女的模样比较端庄，身着红色的旗袍，正咿咿呀呀地唱，声音婉转悠扬，很是动听，却听不懂唱词，这场景我曾经只在电视上看到过。

我找了一张桌子坐下，要了一杯茶水和一碟瓜子，悠闲地欣赏着。服务员送来点戏的本子，我也点了一首叫《钗头凤》的曲子，是男女搭配唱的，唱得很是哀伤。这首词是南宋时陆游所作，讲述了一个哀怨而动人的爱情故事，令人荡气回肠。当年也正是因为这首词，我开始喜欢宋词，也喜欢上了陆游。他还有一首叫《咏梅》的词，我也很喜欢。十多年前一个朋友大学毕业，我买了一张明信片，上面印满了梅花，我在上面用楷书工工整整地写下了这首和她名字一样的词送给她。她说她很喜欢上面的梅花，也喜欢我的字，但从那以后，我再也没有见过她。

冠云楼品茶

冠云峰位于留园之内，是苏州园林中最高的一座太湖石，高高的、瘦瘦的，很有型，矗立在水中。旁边是冠云楼和冠云阁，相得益彰，我以为这是留园最美的景致了。走累了，想找一个地方休息一下，正好看见对面冠云楼上有人在喝茶，我一阵惊喜，赶紧上了楼，找了一张临窗的桌子，要了一杯明前龙井，悠闲自得地品着。推开窗户往外看，冠云峰就在眼前。下面是三三两两的游人，有的正在拍照，他们在冠云峰前摆着各种各样的姿势，脸上露出快乐的表情，仿佛想把冠云峰也带回家去。有的走累了，就坐在水边的石栏上休息。春日午后的阳光照在游人的身上，让人感觉懒洋洋的。我静静地看着他们，走了一拨，又来一拨，感觉真是无比悠闲和轻松，他们快乐，我也快乐，这不正是我一直想要的生活吗？这么多年来，我一直为了生计，生活得很辛苦啊。

夕阳下的留园

天色渐渐晚了，游人渐渐少起来，但这样也少了许多喧嚣。园子里很静，偶尔只听见几声鸟儿的鸣叫声。夕阳斜斜地照过来，照在树上、石头上，白色的墙上，黄灿灿的，美极了。湖边的空地上，两只麻雀正追逐着，嬉戏着。这时候一点儿风也没有，湖面平静得像一面镜子，对面的假山上有一个小亭子，亭子两边有两棵大树，倒映在水中，就像一幅画一样。我静静地坐在湖中心的小蓬莱上，听着鸟儿的叫声，看着稀稀疏疏的几个游人，有的也和我一样坐在湖边，感受这祥和安宁的美景。柔柔的阳光透过树的缝隙，正好照在我的身上，把我的影子长长地映在水中，也映在了我的心里。我的心中忽然升起一股淡淡的忧伤，我知道，这是美极了的忧伤，人们总是害怕美好事物的逝去，这可能是幸福的极致。

姑苏城外寒山寺

就唐诗和宋词来说，我更喜欢后者，觉得它抑扬顿挫，变化多些。当然唐诗也喜欢，尤其是这首名叫《枫桥夜泊》的诗，无疑是唐诗中的精品。诗人张继的诗，我只知道这一首，但已经够了，有的人写了很多文章，却一篇也留传不下来。因一首诗而扬名的地方应该不多，寒山寺算是比较有名气的一个。就寺庙本身而言，寒山寺算不上一座建造精巧的寺庙，和我曾经游览过的峨眉山的报国寺、杭州的灵隐寺相比，还有一些距离，但那不是要紧的事，我们来这里，基本上都是为了体会诗的意境，感受人类美好的情怀。

我在这里请了一名年轻的导游，二十岁出头的样子，穿粗布衣服，很是朴素。讲得不算好，但很连贯，像是在背台词。我冒昧地询问他的收入，他说不多，只够生活，但只要是自己辛勤劳动得来的，始终让人尊敬。枫桥是一座建造精美的小桥，据说张继当年就是在这座桥下的一艘小船上写下了这首著名的诗。桥下泊着几只小船，仿照当年的情形，一些游人就在旁边留影纪念。不远处有一条大河，导游告诉我这就是京杭大运河，我惊讶于大运河居然从这里经过，我也够孤陋寡闻了。不过这条闻名邈远的运河我是知道的，由隋炀帝主持修建，它至今还在发挥一定的功效，如果不是他的荒淫和丧国，我想他也会因为这条河与修建都江堰的李冰父子一样名垂千古。

虎　丘

我到虎丘去，纯粹是因为我所喜欢的一段历史和这段历史中的几个人物，阖闾、孙武、伍子胥，而伍子胥无疑是他们的中心。他的复仇故事可能是中国古代最精彩的故事之一了。伍子胥过韶关，专诸刺王僚等故事至今广为流传。他的英雄气概、他的聪明机智、他的忍辱负重，最终使他攻克楚都，成功复仇，而他悲惨的结局，也不禁让人扼腕长叹，这是《史记》中我最喜欢的篇章之一。当我到了那里，却没有发现伍子胥的墓碑，一问，才知道他的墓冢在另一个地方，让我倍感遗憾。给我印象比较深刻的是千人石，吴王阖闾死后，据说就葬在这里，而那一千多知道他墓冢地方的人，也不幸陪葬在这个地方。这个故事我是相信的，历史读多了，就知道帝王们的自私和残忍，阖闾还称得上历史上的明君，他尚且如此，何况那些比他残忍一千倍的暴君？

一路上都是鲜花，从山脚一直摆到了山顶上。每一种花的前面都立了一块牌子，写的是花的名字和它的简单介绍，这倒成了花的知识普及，我直到现在才知道紫罗兰长得什么模样。虎丘另外一个值得称道的地方是环绕虎丘山一周的小河，景色很美，碧绿的河水，两岸杨柳依依，繁花盛开。河中忽然经过一艘小木船，一位游客玉树临风地站在船头，艄公在船后慢慢地摇着桨，很有情调。要不是因为赶飞机时间不够了，我也会坐在船头荡一圈。

我在苏州待了整整两天，其间只选了几个关键的地方游览，她们中最美的莫过于拙政园和留园了，倒也没留下什么遗憾。我隐隐地感觉到，我的余生可能要交给这些美丽的山水了，还有比这更有意思的事情吗？下一站是哪里？是美丽的青海湖畔，还是庄严的布达拉宫？中国的四大名园我已经去过三个，说不定下一个就是承德避暑山庄，出发前就知道了答案。

我的四十岁，我的青海湖

一

说来惭愧，我虚度了四十年光阴，就没过过几个像样的生日，印象深刻的生日真是寥寥无几。小时候家里穷，没有过生日的习惯，连我十岁的生日现在也丝毫没有印象；长大后，为了谋生，到处疲于奔命，也没有过生日的雅兴，每次生日来临，最多自我奖励一顿美餐，几乎都没留下什么印象。

不知不觉就到四十岁了，时间过得可真快啊！这个人生重要的日子，我该怎么过呢？人生短暂，不如意的事太多，我心一横，那就让自己疯狂一回吧！去远方旅游，越远越好，彻底放松一次，过一个永生难忘的四十岁！

五年前，我曾许下了一个愿望，五年内去看中国五个最美丽的地方，她们是黄山、九寨沟、丽江、桂林和青海湖。如今，五个中我已经去了四个，黄山缥缈的山峰，宛如人间仙境；九寨沟五彩斑斓的海子，仿佛嵌在深山幽谷中一块块晶莹剔透的翡翠；桂林的青山绿水，好像一个个漂亮秀气的姑娘；丽江的闲柔，恰似陶渊明笔下的世外桃源，她们每一个都让我叹为观止。只剩下青海湖没有去过了，她号称中国最美丽的湖泊，难道她比西湖还美吗？能够和以上的绝美景致相提并论吗？是不是浪得虚名？那就去看个究竟吧，在青海湖度过我四十岁的生日，同时完成自己最后一个心愿，好主意！

我和雨妈拟定了行程，本来我们打算单车前往的，那样自由，但为了安全起见，最后还是决定跟团，一共五辆车，七天时间，途经松潘、若尔盖、临夏、兰州、西宁、青海湖，第四天环青海湖旅行，巧得很，那一天，正好是我四十岁的生日！用环湖一周来庆贺，这份礼物太珍贵。返回路线是青海湖、西宁、兰州、天水、宝鸡、汉中、成都。自驾的五辆车中，我和雨妈居然是最年轻的一对，其他的人都年近五十岁，甚至更大。最年长的是一对七十多岁的老夫妻，他们年近五十岁的孝顺的儿子带他们两老出行，让我们很是感动。最小的就是雨儿了，可惜一路上只有他一个小朋友，没有玩伴，有些遗憾。

二

第一天开车，从成都途经汶川到松潘，没有特别的感觉，大家之间还有些拘束，只有导游一个人在对讲机里叽叽喳喳地说个不停。车到了松潘，我有了轻微的高原反应，昏昏欲睡。透过车窗往外看，松潘街上很冷清，游客也不多，可能是因为她旁边的九寨和黄龙太耀眼了吧。

去若尔盖的路修得很好，我逐渐适应了高原的气候，一路上大家你追我赶，对讲机里欢声笑语，雨儿居然还主动给大家唱了一首歌。不知不觉，满眼看过去都是草原了，天高云淡，让人十分清爽。第一次见到这么大的草原，满眼都是绿色，远远的望不到头，原来，真正的草原就是这个样子的呀！草原上到处是牦牛和羊群，就像韩红歌里唱的：我的家乡在日喀则，那里的牛羊满山坡。

我们很快就到了花海。由于端午小长假，游客很多，看着长得望不到头的队伍，我们一下子就泄了气。导游只好让我们在花海门口周围转转，顺便休息一下。在花海外面，我和雨妈带着雨儿在草原上抓老鼠。草原上到处都是老鼠洞，老鼠四处跑来跑去，有的老鼠居然和我们对视，根本不把我们放在眼里。由于在草原上没有天敌，老鼠已经成灾了。我带着雨儿到处抓老鼠，开心得很，他一直想抓一只老鼠回家，小朋友的想法真是奇特，但是哪里抓得到呢？其实，我真正享受的是和儿子在一起的快乐时光，现在想起来，花海让我记住的居然不是她花的海洋，而是我和儿子一块儿抓老鼠的情形。后面一路上雨儿还喋喋不休地给我们说他还要抓老鼠，然后想出了各种办法，比如用水灌老鼠洞，用电来电老鼠，用绳子套老鼠……不知道这小子哪里来的这些想法，他才五岁哩！

过了若尔盖草原，就到了郎木寺。郎木寺在甘肃境内，其四面群山环绕，林木茂密，风景十分优美。给人印象最深的是寺内庙宇的屋顶都是金色的，远远望去，金光闪闪，十分壮观，不知道是不是真的金子。在去郎木寺的路上，我突然听到有人叫我的名字，转身一看，哎哟！这么巧，居然在甘肃境内的郎木寺遇见了我一个多年的朋友，他们一家人假期也出来玩，刚刚游览完郎木寺，正准备回成都。我和他从小学到高中一直都是同班同学，更巧的是雨儿和他儿子现在也在同一所幼儿园上学，而且是同一个班，班上他俩是最好的朋友。两个小朋友也没想到会在这里见面，高兴地抱在一起又唱又跳。四大两小，他乡遇故知，哦！有意思！

从郎木寺出来，我们来到了尕海湖。雨儿又缠着他妈妈去抓老鼠，我独自一人，沿着湖边木制的小道一路前行。这一天天气特别好，太阳高高地挂在天上，天空湛蓝，蓝得让人心醉，天上飘着朵朵白云，没有一丝杂质，像一团团洁白无瑕的棉花，湖水清澈，映着蓝天、白云和周围绿油油的小山坡，像一面镜子一样，湖水里居然还有鱼儿在自由地游弋！湖的对岸，几只水鸟在自由地飞翔，多美的画面啊！我一个人安安静静地走着，体会着这无与伦比的美，这是一次心灵的洗涤。我想，这应该是这次除了青海湖之外，我们所走过的印象最深刻、最美丽的地方了！尕海湖的美在于纯净和清透，似乎把我的心灵穿透，感觉心里的浑浊都被清理。没有去过高原，没有见过那里的蓝天和白云的人是无法体会的。难怪很多人喜欢去西藏荡涤心灵，在一个纯净的环境中，真的可以让人有被洗净的感觉。唯一遗憾的是没有花，现在还不是时候，听同行的人说，尕海湖最漂亮的季节是每年七月中旬，到处都是绚烂的野花，美不胜收，一眼望不到头。

之后我们到了兰州，过了西宁，由于没有什么特别的景点，我们没有停留，直奔青海湖而去。倒是甘肃境内一路的黄土，一路的灰尘满天，给我留下了深刻的印象。终于到青海湖了，远远地望见一个偌大的湖，水天相接，望不到边。我心中一阵激动，心中默默地念道：“青海湖，我来了，我终于见到你了！”

三

第二天一大早我就醒了，一看时间，才六点多，她们母子还在酣睡，我独自开门悄悄地出去，来到湖边。六月的高原，清晨依然有些清冷，我静静地站在湖边，眺望着一望无垠的湖水，湖水湛蓝，轻轻地拍打着岸边的礁石。太阳升起来了，柔柔的阳光铺在湖面上，闪闪的，泛起点点金光，让人睁不开眼。周围静悄悄的，一个人也没有，我沐浴着温暖的阳光，听着湖水拍岸的声音，独自零距离享受着这无边的美景。

美丽的青海湖，我来了，就在我四十岁这一天，就在你身边，在你的怀里，和你最亲密地接触，你感受到了吗？

我在湖边站了整整一个小时，雨妈醒了，给我打电话，她们也出来了，来到了湖边，雨妈笑着对我说："雨爸四十岁生日快乐！"雨儿也赶紧跟着大声说："爸爸生日快乐！我和妈妈都爱你！"我好开心，这个世界上我最亲近的两个人，在我四十岁生日的早晨，在美丽的青海湖畔，由衷地为我祝福，人世间的幸福，莫过于此吧？

吃过早饭，我们一家人抖擞精神，开始了一天的环湖之旅。

今天我们几个车都各自安排，自由活动，我们的计划是开车环湖一周，大概三百六十公里，没来之前，我根本没想到环青海湖一周居然这么长，比成都到重庆的二百九十三公里还远。有一个景点是一定要去的，就是鸟岛，我早就听说过她的大名。我不禁想起了我三十岁的生日，我独自一人步行绕成都一环路一圈的情形，两个都是我非常重要的生日，都是一圈，但当时的心境和今天比较，真是天差地别啊！那时的我孤家寡人，一无所有，而且心情非常糟糕，前途渺茫，看不到希望；如今，我有了我的妻子和孩子，拥有她们，是我这一生最成功、最幸福的事。

在一个小镇上的一家超市，雨儿吵着要东西吃，我停车给他买了一袋薯片，给雨妈买了她喜欢的酸笋。没有灯，有些看不清，里面只有一个汉族的二十多岁的女孩，非常热情，也很漂亮，让我不时偷看她两眼，刹那间，我有一种奇怪的感觉和小小的失落：她知道吗？我们匆忙一遇，很有可能一生再也见不到了，即使再见，她的容颜早已改变了模样，相见也认不出来了，旅游中的相逢就是一种缘分。

从超市里出来，上了车，正准备出发，却看见一个穿着时髦的年轻人，骑着一辆崭新发亮的摩托车，他悄悄地把他漂亮的摩托车停在一边，居然来敲我的车窗要钱。哎呀！大千世界，真是什么人都有，我和雨妈哭笑不得，他怎么说得出口哟！我们没有理他，发动汽车，一脚油就走了，如果不是在外地，我真想用难听的话呛他一顿。

我们走走停停，看到哪里漂亮就在哪里停车玩耍。雨儿最喜欢往湖里扔石头，听石头"咚"的一声落水的声音。我们父子俩在湖边比赛扔石头，我假装扔不过他，每次扔出去，雨儿就要大声说："爸爸，你看！我扔得好远！"雨妈则不停地照相，好像她要把整个青海湖的美景都装进她的手机里。

一路上我们遇到好几次羊群过马路，这些羊群看来都经历过大场面，对我们的车爱理不理，我们只好把车停下来等它们。又肥又胖的羊们哼哼唧唧地过马路，十分有趣。雨妈下车近距离给羊群照相，却被羊群围住了，十分狼狈，我和雨儿在车上忍不住哈哈大笑。牧民都是开着摩托车出来放羊的，估计是草原太大的缘故。有的羊被涂上了彩色，有的羊穿上了衣服，估计是各家为了区分自己的羊吧。

中午十二点半左右我们才到达鸟岛。

饥肠辘辘，我们先在一家餐馆吃午饭，景区的餐馆基本上都是川菜，没想到家乡的餐馆开得这么远。我们等餐的时候，饭馆里来了几个全副武装的骑友，样子很气派，其中两个广东过来的骑友，年纪和我们相仿，在等餐的空隙，他们主动和我们打招呼。我们闲聊起来，我好奇地向他们打听一些有关骑游的事，他们说就是一种爱好，也是对自己的挑战。一天走走停停，大概可以骑五六十公里，环青海湖大概需要五六天。环湖骑游的人特别多，有男有女，有老有少，我实在无法理解他们为什么有这种爱好，自己找罪受，因为环湖几百公里，连我开车都很累，何况他们还是骑自行车？尽管我理解不了，但是他们坚持的决心却让我非常佩服，我们不管做什么事情，只要像他们一样，有坚忍不拔的毅力，有克服困难的决心，就一定能达到目的，完成自己的心愿。

鸟岛分为蛋岛和鸬鹚岛，蛋岛景色平平，让我们很失望，我们心想鸬鹚岛也好不到哪里去，看来，名气惊人的鸟岛只是浪得虚名罢了！

沿着木头梯子爬到了小山顶，又走了一大截，梦中的鸟岛刹那间出现在我们眼前。"好漂亮！"我和雨妈都情不自禁地一声惊呼。虽然没有我们想象的满地都是鸟儿，我们走过时鸟儿给我们让路的情形，但鸟也非常多。这一天天高云淡，艳阳高照，湖水湛蓝，一只只鸟儿在空中自由地飞翔，飞累了就在岛上休息，多美的景色啊！这应该是这几天我们见过的最漂亮的地方了，鸟岛名不虚传！先前在蛋岛的不快一下子就烟消云散了。我想：这几天我们长途跋涉，这么辛苦地来到这里，即使只见过这一个美景，我们也值了，不虚此行。我们一家人并排着坐在一条木头长凳上休息，面对着美丽的青海湖，眼前就是画一般的鸟岛，让人感到有点儿飘然欲仙。六月的太阳当空，却一点儿也不晒人，清爽的湖风吹拂着我们，仿佛还带着一丝鸟的气息，让我感到无比的惬意，直到雨妈催我快走了，我还依依不舍，不想离开。再见鸟岛，下次我再来，就坐在你的身边，静静地坐上一个小时，静静地感受你的美。

从鸟岛出来，我们居然迷了路，本来计划去沙岛的，却不知不觉来到了一座沙山旁。我不明白清澈的湖水边，绿油油的草地旁，怎么会有这么大一片连绵的沙山，走进去就像沙漠，估计是过度放牧的结果吧。雨妈对所见到的这一片沙漠感到震惊，我倒是没有什么特别的感觉，我曾经见过鸣沙山和月牙泉，在沙漠中的泉水边赤脚嬉戏；也曾见过茫茫的塔克拉玛干沙漠，在沙漠的中心驻足留影。她们母子兴奋地下了车，跑到沙堆上准备大玩一番，而我却很担心，一直催她们快走，因为我们没有到达真正的沙岛景区，路上一个人一辆车都没有，而这时候已经下午五点多了，担心荒郊野外不安全，不说遇到坏人，万一突然跑出来一匹狼那可怎么办？雨儿很想在他盼了一天的沙岛玩，但我的话把他吓住了，只好作罢，我们许诺说，下次带他去敦煌或者新疆玩沙，让他玩儿个够。

经过一番波折，我们终于又回到环湖路上了，我扬扬得意地对雨妈说："你看，我们又看见骑游的人了，肯定走对了！"因为我之前判断我们走错了路，就是没有看到骑友。这时候太阳快要下山了，背后整个半边天空都是黑压压的乌云，仿佛贴着地面，气势汹汹，一副大雨倾盆欲来的样子，乌云一直追着我们，气势让我们胆战心惊，前方却是明晃晃的太阳，蔚蓝的天空上朵朵白云，一副祥和安宁的样子。草原上一辆车也没有，只有我们一辆车在辽阔的草原上飞驰。

我们晚上八点半左右才回到宾馆，环湖一周刚好用了十二个小时，天刚刚黑，我们在宾馆旁的一家小餐馆吃晚饭。有意思的是我们点了几个小菜，上了两个后，一个青菜半天都没有上来，我们都等得不耐烦了，结果看到饭店老板的儿子拿着一把青菜从外面匆匆进来，我和雨妈忍不住笑了，原来如此。结果看到小朋友又拿着青菜匆匆跑了出去，原来买错了品种，一会儿又拿着一把青菜跑回来……我们忍俊不禁，也不为上菜晚而着急了。小朋友快速端上菜来的时候，我对雨妈说："不知道这菜洗了没有。"没想到雨妈说：其实她也在想这个问题，我们不禁哈哈大笑，有趣！

晚上我们一家人出来看星空。满天的繁星，一颗一颗那么大，那么亮，似乎一伸手就能摘下几颗来，晶莹剔透的月亮，仿佛亮到了我们的心里。这种美妙的夜晚，也只有在青海湖这种高原上才能见得到，我不禁想起了几年前我去九寨沟，那天晚上，我也有幸见到了这么亮的星星，这么纯的月亮。

这一天由于迷了路，车大概开了四百公里，匆匆体验了青海湖一周。出发前，导游对我们说："今天有一整天时间，玩青海湖的时间很充裕。"回来后，才发现时间紧得要命，这么美的青海湖，一天哪里够！第二天我们向导游抱怨，导游说："留下遗憾，下次还可以再来。"或许就是这样啊，人生何处不遗憾，没有十天半个月，怎么能够好好地欣赏青海湖的美呢？

四

该往回走了，一大早，我们就开车往回赶，我一边开车，一边依依不舍地瞥一眼青海湖，当她从我视线中消失的一刹那，我默默地对自己说："再见青海湖，我会再回来！"

我们中午到达兰州，在宾馆住下后自由活动。兰州当天很热，我们休息了一下，就准备出去吃有名的兰州拉面。走到大堂，大堂经理向我们解释说："兰州拉面是当地人的早餐，现在这个时候没有卖的了。"我们不相信，便一路走一路问，果然都没有面了。流着口水，我们打车到市中心的一家"马大胡子"，据说是兰州羊肉做得最好吃的地方，而且是一家大的连锁店，我们想这么大的门面，怎么也该有兰州拉面吧。结果服务员很抱歉地说："我们拉面师傅都下班了。"哦！还有这种事！颠覆了我对传统面馆的认识。只好点了几样其他的东西，好在"马大胡子"的手抓羊肉还真不错。

回到宾馆，大堂经理对我们说第二天早晨的自助餐有拉面，而且他们师傅的手艺很不错。一个下午没有吃到拉面的我们，就等着第二天吃面了。结果晚上导游给我们打来电话："明天兰州有国际马拉松比赛，七点开始限行，我们六点就要出发，五点半起床。"晴天霹雳啊！因为我们这一路还没有这么早起过，并且我从成都开始就一直想在兰州吃一碗地道的兰州拉面的梦想也泡汤了！雨儿是被我们抱上车继续睡的，我起床后不停问导游："能否找个不限行的地方先吃一碗地道的兰州拉面？"

到了天水麦积山，我们分头参观。我对这些佛呀像呀的没什么兴趣，自己的艺术细胞太少，欣赏不了这些艺术，倒是雨妈兴趣大得很。麦积山的石窟规模十分宏大，都凿在悬崖峭壁上，也不知道古人是怎么凿上去的。上去的时候还好，从上面往下走，却让人胆战心惊，风又大得要命，我还好点，牵着雨儿的小手，小心翼翼地往下走，雨妈颤颤悠悠的，一步一步往下挨，身子几乎贴在地面，平常干脆利落的她，这时却笨拙得让我笑弯了腰。倒是雨儿胆子最大，一点儿也不怕。下来的时候，雨儿骄傲地对我说："爸爸，我一点儿也不怕，你说我勇不勇敢？"

雨儿在麦积山的路上找到好几棵蒲公英，这在书上看到的植物，他终于见到了，而且吹蒲公英的时候，看到小雨伞到处飞舞，雨儿高兴极了。

由于导游不想逛麦积山，他可能逛的次数太多了吧，就先到下一站宝鸡休息了，我们自己游玩后再自行开车到宝鸡集合。下山时我们遇到了我们团的 Polo 哥，于是两个车结伴行走。由于早上起得太早，我一路哈欠连天，实在太困了，又喝可乐，又吃车厘子，又拧胳膊，又拧大腿，还是顶不住。安全第一，我决定找一个安全的地方停车休息一下，看到路边一个大车刹车失灵时缓冲的小坡，我毫不犹豫地开了过去。

稍事休息，我们准备又上路了。可一倒车才发现，我们这种底盘矮的车，在小碎石堆里根本出不来，轮胎使劲打滑。Polo 哥的车停在我们后面，他看到这种情况赶紧拿着他的小铲子过来帮我们，但轮胎陷得很深，我们挖了很久的石头都没有用。正在我们着急的时候，我们团的 Jeep 哥刚好开过来，看到我们挥手，赶紧停下车。Jeep 哥是个有三十多年驾龄的老车手，但是他车上居然也没有拖车绳。Jeep 上的大姐在高速路旁帮我们拦大车，可高速路上谁愿意为陌生人停车呢？我根本不抱希望，正当我们一筹莫展的时候，让我们惊喜的事情发生了，一辆拉玻璃的卡车停了下来。车上下来两个手上还拿着易拉罐啤酒的师傅，操着陕西口音，他们问清楚情况后，就把车上捆玻璃的绳子解开后拿了过来。

车拉出来了，绝处逢生，我感激不尽，赶紧给啤酒师傅塞了两百元钱，以示谢意。好人还是多啊，换成是我，高速公路上有人招手，我是真的不敢停车的。当车启动的时候，却发现底盘已经由于和石子摩擦被拖下半边了，可怜我的爱车！Jeep 哥说那只是个保护车底盘的盖子，用处不大，可是又弄不下来，我们只好一路听着踢踢踏踏拖地的声音，小心翼翼地开到了宝鸡，导游在宾馆提前联系了前台，我们一到宾馆，前台的帅哥就带着我去修理厂把那块拖沓的板子取了下来，这算是我们这一路上一个小小的插曲吧，虚惊一场。

之后波澜不惊，我们一路顺利地回到了成都。

快乐的时光总是那么短暂，七天的青海湖自驾旅游结束了。由于季节不对，我们在尕海湖没有看见绚烂的野花，在青海湖也没有看见壮观的油菜花，出发前我们居然忘记了带单反相机的电池，让相机这几天都成了摆设，只好全程用手机拍照，我和雨妈还为此红了脸，尽管不是那么完美，留下了一些小小的遗憾，不过，这真是一次美妙的旅行，绝对是我一生中过得最为快乐的生日，我收到了太多太厚的生日礼物：蔚蓝的天空、洁白的云朵、绿油油的草原、清澈的湖水、成群的牛羊、满天的繁星、皎洁的月光，还有环青海湖的一周之旅，不过，比这些更为厚重的，是有我妻儿的陪伴和我们一路的欢声笑语。

巴厘岛日记

一

终于来到了巴厘岛，从昨天早上四点四十起床，到晚上快十点才到宾馆，旅途真是辛苦。

我妈第一次出国，像朱雨一样对什么都新鲜，老是紧紧地跟在领队的后面，生怕走丢了。

现在，清晨六点半，我站在宾馆房间的阳台上，面对着美丽的巴厘岛海，心里充满了喜悦和轻松。太阳刚刚升起，一点儿也不刺眼。海风吹过来，稍微有点儿冷，听导游说，由于巴厘岛在南半球，靠近澳大利亚，现在是巴厘岛的冬天。海水的声音好熟悉，去年在三亚大小洞天才领略过，现在又回来了。对面不远处就是海滩，已经有几个早起之人在沙滩上悠闲地散步。阳台下面就是宾馆了，一览无余，现在才看清宾馆的样子，真不错。本来一直想订四季度假村酒店的，已经琢磨了好长时间，我一度想豁出去，几经反复，最终放弃了，真的太贵了。

从成都到香港的飞机上，有一段时间遇到较大的气流，飞机颠簸得比较厉害，机上的孩子们都高兴得笑起来，好像他们在坐梭梭板和过山车，大人们都很紧张，突然听到有一清脆的童音大声喊道："真好玩！再来一次！"噢！天啊！

巴厘岛之行，今天才刚刚开始。

二

今天下午去望夫崖，那里的猴子很厉害，简直是无法无天，明目张胆地抢游人的东西。我们团的一个女生被一只猴子抱着脚抢拖鞋，吓得就快哭了。雨儿也有点儿害怕，一路上离猴子远远的。我对雨儿说："小雨，不要怕，爸爸保护你，你爸爸很厉害的，猴子见到你爸爸都害怕，根本不敢靠近我们。"

我们沿着海边的台阶一路而上。山崖陡峭，几乎和海面垂直，景色也越来越美。我不时驻足欣赏大自然的神奇之作，并悠然自得地拍上两张照片。

巴厘岛在没有旅游业之前，人们大都靠打鱼为生。男人们出海之后，他们的女人经常都会来到这个地方，翘首盼望着自己的男人归来。可是生活却往往如此的不幸，有的船再也没有回来，可是她们还是每天来到这里，面对着茫茫的大海，盼望有一天他们的男人会突然出现。日复一日，年复一年，在绝望中，她们有的舍身跳下了万丈悬崖。

我站在望夫崖的山顶，望着一望无垠的大海，仿佛自己也成了一个望夫女，正想得出神，突然感到有东西跳到我的肩上，然后眼前一片模糊，紧跟着有人大喊："你的眼镜被猴子抢了！"我大吃一惊，心里一下冰凉：糟了！才刚刚开始，眼镜就丢了，巴厘岛之行也就完了，眼前一片模糊，巴厘岛的美景怎么欣赏！

正当我心急火燎、一筹莫展的时候，只见一个外国游客拿出一包饼干，伸向那只猴子。那只猴子慢慢地走过来，用另一只手接过饼干，然后把我的眼镜递到那个游客的手上。哇！我一阵激动，情不自禁地喊出来。当我从那个游客手中接过眼镜的时候，我一个劲地"Thank you！ Thank you！"对他谢个不停。

心情慢慢平静下来，却听雨儿在旁边说："爸爸，你不是说你是最厉害的吗？眼镜怎么会被猴子抢走了。"我老脸一红，哑口无言。又听见雨妈在一旁说："今天你爸牛吹大了，脸都丢完了。"

傍晚在金巴兰海滩一边欣赏落日，一边喝着啤酒吃着烧烤，这真是一次美妙的体验。太阳红彤彤的，就在大海的那边，一点儿也不刺眼，一跳一跳地跌入地平线，直到再也看不见。

我们的导游是一个五大三粗的中年人，名叫阿河，印尼第三代华人，名字挺雅，长得却有些丑陋，一只眼睛有点儿突出，华语也说得有些不清，昨天我们刚见到他的时候，大家对他的印象都不太好，可是经过一天的接触，他无微不至的服务，让我们对他的印象一下子好起来。世间很多事都是这样，真让人没有办法。

三

昨天晚上九点多回到宾馆倒头就睡，一直到现在。

第一次去漂流，挺好玩的。不同皮划艇上的人们用桨互相泼着水，大家浑身都湿透了却毫不在意，玩得很开心。以前听说过洪口漂流，原来就是这个样子。两岸的风景还行，但比我上次在桂林遇龙河顺流而下所见的美景差得太远了。

去乌布的途中，一路上听阿河聊天，他说：这里的男人很懒，还可以娶四个老婆，都是女人干活，甚至搬砖挑运这种重体力活也是女人来干，我们一路上看到的情形果然是这样。车上的女士们开始叽叽喳喳抱不平，说怎么能够这个样子，我们全团十五个人中的四位男士笑而不语。

这里的春节和我们中国的有很大的不同，我们的春节爆竹声声，热闹非凡，这里却非常安静，船舶停航，飞机停飞，大街上没有什么行人和车辆，人们安静地待在家里，想一想人生哪些做得好，哪些做得不好，做得好的地方继续发扬光大，做得不好的地方努力改正。这真是一种奇特和有意思的春节。

我在电视上看到的乌布是一座安详宁静的小镇，没想到特别喧嚣和繁华。乌布的皇宫真是袖珍，小得几乎只是国内一个中等院落，只有区区的五间房子，彻底颠覆了我对皇宫的认识。看完皇宫，我们就在旁边一家闹中取静的咖啡厅喝咖啡，面对着大街，看着来来去去的车辆和行人，十分悠闲。我们一直坐了一个多小时，感觉十分不错。

傍晚时分，我们去参观海神庙。昨天去的金巴兰海滩吃烧烤看落日，以为落日之美不过如此了。今天到了海神庙，才知道这里的落日更美。一个十分漂亮的观景台，台上的人们悠闲地坐在沙发上，面前的桌子上铺着洁白的桌布，桌子上放着几杯啤酒和饮料，几个流浪歌手正动情地唱着歌，海的对面，就是那一轮红彤彤的落日。

突然，一只小鸟飞过来，停在朱雨的头上，他还浑然不知，映着落日的余晖，我从来没有看到过如此美妙动人的场景。

四

今天我妈和雨妈去做巴厘岛的SPA，我在外面带朱雨。妈妈一出来就大声称赞："好舒服！好舒服！"她辛苦惯了，从来没有这么奢侈享受过。幸好她还不知道这次SPA每人花了将近七十美元，否则她怎么会舍得做！

吃罢午饭，导游带我们来到一个海边私家园林，景色非常不错，像中国江南的园林，十分秀气，只是在海边，感到有些特别。在这里我认识了一种花叫鸡蛋花，枝条光秃秃的，没有一片叶子，枝条的顶端，开满了朵朵十分纯洁的鸡蛋大小的白花，像我们中国的玉兰花。又看见了猴子，我们看见一只又大又壮的猴子从不远处的树林里钻出来，阿河说那是一只猴王，它慢慢来到我们喝下午茶的地方，一下子跳到桌子上抓起一个女孩面前盘子里的点心，那个女孩惊叫一声，手中的咖啡杯啪的一声掉在地上，猴王又跳到另一张桌子上，旁若无人，抓起一块饼干，然后才大摇大摆地向树林深处走去。

大概两点，我们来到了"梦幻海滩"，这里的景色非常迷人，悬崖上一座蓝色的无边泳池，十分奢华，下面就是蔚蓝的大海，跟我在电视上看的纪录片一模一样。我们在无边泳池边给妈妈点了一杯西瓜汁，二十万印尼币，折合人民币大概一百二十元，贵得有点儿下不了手。但这里位置极好，无边泳池和大海的美景一览无余，我们豁出去了。之后我和雨妈带着雨儿到下面的海滩，在海水中嬉戏玩耍，累了就躺在沙滩椅上休息。快到五点了，我们又回到无边泳池尽情地玩耍，直到天快黑了导游催促我们，我们才依依不舍地离开。

这一天是这几天我们玩得最高兴的一天，尤其是"梦幻海滩"，无疑是这次巴厘岛之行的精华，只是中途连续接了三个工作上的电话，有点儿心烦，忘记烦恼，所有问题等休假以后再说吧！

妈妈的右脚不好，一路上我经常搀扶着她。当我还小的时候，我的家在重庆所辖一座偏僻小县城旁边的一条叫兴隆街的地方，我们就住在这条街上的一间老屋，有一天，妈妈告诉我，这间老屋原来住的一家人，他们的儿子到北京去了，希望我长大了有一天也能去北京看一看，今天，我带着我年迈的母亲，来到了这个比北京还要遥远的、美丽的地方。

五

连续三天定好闹钟，站在阳台上看海上日出。开始的时候，天边出现了一丝红晕，越来越亮，像镶嵌上一道金边，十分漂亮，周边的云也被染成一片金黄。突然，太阳从地平线上探出头来，就一点点，还不太刺眼，刹那间，海面上泛起点点金光。"太美了！"我情不自禁地一声欢呼。太阳的身躯越露越多，光线也越来越强，很快，整个太阳就出现在大海彼岸的地平线上，万丈光芒。

新的一天开始了。对面海边的沙滩上坐着一对看日出的情侣，互相依偎着，一起看着太阳升起的地方，他们也成了我欣赏海上日出一道靓丽的风景。

上午导游带我们去咖啡厂购物，没办法，这是跟团旅游的一部分，我铁下心不为他们的花言巧语所动，决定甩手进去，甩手出来。我们被带进一间屋子，一个相貌平平、身材娇小的华裔女孩给我们讲解，真是人不可貌相，只听她声音宛转动听，说话有理有据，句句打到我们的心坎上，什么公咖啡、母咖啡、猫屎咖啡，它们的来历、区分、口感、功效，真让人长了见识，每个人恨不得多买点，我早就缴械投降，当我从咖啡厂走出来，手里拎着六大袋公咖啡。

库塔的洋人街不错，干净整洁，车也不多，街景非常漂亮，明显好于昨天的乌布。我们沿着街逛了一个小时，然后又在一个漂亮的咖啡馆喝了一杯饮料才离开。

我们在机场等飞机的时候，雨妈说她换登机牌时，工作人员告诉她，飞机晚点了四十分钟，我一看时间还早，就建议去旁边的餐厅吃一份地道的印尼炒饭。雨妈说她不饿，于是我就带着妈妈来到餐厅，要了一份炒饭和一份炒面，讲以前背了很多遍，却几乎从来没有实战过的餐厅英语，很是过瘾，一点儿也不觉得难为情。当我们酒足饭饱回来的时候，却发现整个三号站口只有雨妈和雨儿两个人，母子俩玩植物大战僵尸游戏正过瘾，哪里还晓得周边的事情！正在那时，我们听到广播里有找人的声音，居然是我们，原来飞机并没晚点。来不及想为什么，我们抓起行李，撒腿就跑，雨儿跑得飞快，始终跑第一个，我们拎着包裹居然追不上他。当我们上了飞机，心里才踏实下来，大家不禁相互哈哈大笑。这是我们坐飞机有史以来第一次遇到这种情况，真是又惊险又刺激！

再见，巴厘岛！

六

我们的巴厘岛之行回来要经停香港一天。

经过近五个小时的飞行，我们终于来到了香港，从机场去宾馆，一路上灯火阑珊，心情有点儿激动，"东方之珠，我终于看见你啦！"凌晨两点半，终于到了宾馆。房间真小，床也小，卫生间也小，什么都小，每晚居然还要一千多元。累得筋疲力尽，倒头就睡，年龄大了，身体明显大不如前。那天在金巴兰海滩的时候，我们团一个二十多岁的美女叫我："叔叔，帮我把包看一下，我们去海边玩一会儿，很快就回来。"我一惊，这么成熟的姑娘居然叫我叔叔，好像还是第一次，看来自己真的老了。

维多利亚海湾真不错，香港的繁华与美丽一览无余，清爽的海风吹得我们心旷神怡。在这里，我们遇到一个传教的中国人，我们问他赶哪路公交车可以大致领略香港的风景。他给我们指得很详细，还要亲自送我们去赶车，最后他送给我们一部《圣经》，告诉我们只有信奉上帝才能摆脱人世间的苦难。我知道这些传教士一般都乐于助人，他们在帮助他人的时候自己也得到了快乐。我真的也想这样。

　　之后我们乘坐他指点的公交车观光，从起点一直坐到终点，再从终点坐回来，香港算是了解了个大概，其繁华真让人惊叹。到处都是高楼大厦，私家车很少，路也很窄。听说这里寸土寸金，普通的住宅，每平方米居然要十多万港币！哎！还是我们成都好。

　　香港真是一个神奇的地方，这么一个弹丸之地，居然培养了这么多的优秀、卓越的人，李小龙、李嘉诚、金庸……尤其是金庸，他的所有作品我都读过四遍以上，在我年少寂寞的时候，就是靠读他和古龙的武侠小说来打发时间，他的书深刻地影响了我的少年和青年时代。

　　1997年6月底，我大学毕业，母亲来成都看我，恰好碰到香港回归。学校体育馆现场直播回归仪式，体育馆里早就密密麻麻地挤满了人，一派过节的气象。当仪式进行到升国旗这一步的时候，全体起立唱国歌，我的母亲夹在我们年轻人中间，一本正经地唱，以前我从来没有听到过她唱歌。一个老太婆，一个家庭妇女，模样有点儿好笑，但她唱得那么的严肃和认真，她只上到小学四年级，应该是最底层的劳动者，从来都是为了我们的温饱而忙碌，但她的品行，毫无疑问要好于大部分体面的人。

畅游南疆

说老实话，我对新疆、西藏没什么兴趣，觉得那都是些荒郊野岭之地，哪有我们内地的青山绿水漂亮！一个偶然的机会改变了我的偏见，原来这些印象中的荒凉之地别有一番风味。

飞机往乌鲁木齐直飞而去。我们一行七人，我的同事老单是我们的领队。我们的行程是飞往乌鲁木齐，然后租车穿越整个南疆到达喀什，最后飞回成都。

透过机窗往下看，连绵的群山，一望无际的戈壁，中国有多么辽阔的土地啊！我们在乌鲁木齐租了一辆中巴车，车主张师傅，四十岁出头的年纪，一看就是北方人，饱经沧桑的脸，看起来很稳重，性格比较开朗，一路笑话连篇，逗得我们哈哈大笑，有时我们甚至希望他闭上嘴让我们安静一会儿，这和他稳重的外表极不相符。

我们在乌鲁木齐待了整整一天，初步领略了新疆的民族风情，中间有一个小插曲，我的钱包在一个叫大巴扎的地方差点儿被一个青年偷走了，幸好我反应快，一把夺了回来，还差点儿和他打了起来，虽然没丢，但有点儿影响情绪，看来这个世上哪里都有坏人。

葡萄架下的舞蹈

去吐鲁番的路上，一路荒凉，几十公里看不见人家，只是茫茫的戈壁。偶尔远处突然出现一个小村庄，坐落在荒漠间，让人感觉不可思议。村庄周围环抱着郁郁葱葱的树木，烟雾缭绕，牛羊在村边悠闲地吃草，一派祥和安宁的景象。有时还有一条小河，从村中潺潺地流过，河水清澈见底，在茫茫戈壁中，也不知源头来自哪里。

途中，我们观赏了一场极具新疆民族特色的舞蹈，姑娘美丽温柔，小伙子阳刚帅气，穿着一色漂亮的民族服饰，他们应该都是经过精挑细选的。长长的一段葡萄架，下面挂满了熟透了的葡萄，十分诱人，人们坐在葡萄架下，面前摆放着各式各样的瓜果，脸上都带着笑容，这是丰收之后的喜悦。虽然是中午，但葡萄架下一点儿也不觉得热。伴着冬不拉的琴声，姑娘和小伙子们跳着欢快的舞蹈。新疆的舞蹈很有特点，脖子扭动时，眼睛顾盼神飞，很有意思。其中有一个姑娘特别漂亮，我的眼前不禁为之一亮。姑娘俊俏的脸庞，修长的身材，婀娜的舞姿，浅浅的微笑，清澈如水的目光不经意地和我相对，让我的心怦怦直跳，脑海里不禁浮想联翩。我瞥了一眼身旁的男士，他们的目光也随着姑娘们翩翩的舞姿游走，看得如痴如醉。这种异域风情的舞蹈，我还是第一次现场欣赏，而且离得这么近，看得这么真切，真是一种莫大的享受啊！

吐鲁番地处亚洲的中央，离海洋最远，雨水十分珍贵，天气热得吓人，但到处都是翠绿的葡萄，不愧为葡萄之乡。我们都奇怪这么热的天，植物怎么生长？原来，当地人在地下挖了许多的小水渠，叫坎儿井，纵横交错，有的竟然直接通到了居民灶台下面，让人称奇。站在水渠旁边，即使在夏天，也感到阵阵清凉。水渠的水既用来灌溉，也用来饮用，劳动人民的智慧真让我们敬佩。

下午回乌鲁木齐，已经是北京时间九点多了，天还是大亮。原来新疆在中国的西边，时差要晚两三个小时。我特地坐在司机旁边的座位上，欣赏夕阳快要下山时的美景，感到无比的轻松和惬意。阳光正好从车的对面照射过来，大地一片金黄。团友们都在车上昏昏睡去，周围寂静无声，眼前一片空旷苍凉，只有我们一辆车在宽敞的大道上飞驰。

博斯腾湖戏水

博斯腾湖是新疆最大的内陆淡水湖，我去之前从来没听说过它的名字。我们到达博斯腾湖的时候，已经下午一点多了。大家都感觉很饿，却找不到一家餐馆。快到时，路边有一个农家，摆着烧烤摊。摊主说："这可是地道的从博斯腾湖新鲜打捞上来的鱼。"不知道是我们饿了，还是鱼真的烤得鲜嫩，我们都觉得味道好极了，我真的从来没有吃过这么好吃的烤鱼，回成都之后，老单还不时提起烤鱼的味道，一脸的向往。

这家人还经营着一艘快艇，我们决定租他们的快艇游湖。经过一段狭长的水道，两边芦苇很高，几乎什么也看不见。过了好长一段时间，眼界突然一下开阔了。好大的湖啊！一眼望不到头。极目远望，蓝蓝的湖水一直延伸到天边，天空也是蓝蓝的，点缀着几朵白云，远远望去，湖水和天空连成一片，我现在体会到什么叫水天一色了。尽管已是秋天，阳光还是比较强烈，晒在皮肤上火辣辣的。小艇的速度逐渐快起来，风从耳边呼呼吹过。秋天的湖风，让人觉得干净、清爽、沁人心脾，一点儿也不觉得冷，反倒让人觉得十分惬意。突然我的遮阳帽给吹掉了，我一声惨呼，大家一阵哄堂大笑。这么快的速度，我们到达对岸也花了大半个小时。大家跳下船，在水中尽情地玩耍、嬉戏，有的甚至打起了水仗，相互泼起水来。我的衣服大半都被打湿了也毫不在意。在这一刻，我们都忘记了城市的喧嚣，忘记了工作的压力，忘记了生活的烦恼，唯有尽情地享受这美好的时光。

在湖的尽头，我们看到许多野鸭和水鸟，那么恬淡悠闲，那么自由自在。它们可能很少见过我们这样的客人，我们走近了也不怕，直到我们离它们几米远才拍打着翅膀飞走。脑海中突然闪过一个奇怪的念头，要是我也变成一只野鸭或者水鸟就好了，又或者我就在这湖边住下，伴着青山绿水，呼吸着清新的空气，在天地间无拘无束、自由自在地生活，慢慢地把时光消耗在这里，慢慢地老去。但我受得了这里的孤独和寂寞吗？我不知道。

这么好的景致，还没有开发，知道的人不多，偌大一个湖，几乎就只有我们几个人，这真是恰到好处，让我们领略了博斯腾湖原汁原味的天然美景。

远去的古国

在南疆，我们参观了龟兹古国的遗迹。我对新疆的历史了解得不多，最早知道龟兹这个地方，是从古龙的武侠小说《大沙漠》（《楚留香》系列之二）里了解到的，它讲述了一个龟兹国王机智复国的故事。比较有意思的是，我一直不知道这两个字的读音，去之前还把它念作"规资"（同音），闹了一个不大不小的笑话。

汉代时，张骞出使西域曾经到过这里，我们使用现代的交通工具到达这里都非常不易，可以想象张骞当时从长安出发，一路辗转，到达这里的艰辛。当年，西域三十六国，龟兹算是比较有实力的一个。当我们到了那里，不禁有些失望，所谓的古城，其实就是几个土堆，风化得相当严重，残墙断壁，一片荒凉，只能从轮廓中依稀还能看出当年的样子，难道这就是所谓的西域三十六国之一，当年班超"不入虎穴，焉得虎子"的地方？

站在古城中间，遥想当年，这里也曾人丁兴旺，一派繁华的景象，可是现在都消失得无影无踪，只剩下几座土堆和耳边荒凉的风，不禁感叹时光流逝，人世无常。

新疆是东西方的交会处，历史上的匈奴就居住在这一带。比较有意思的是，历史上每当中国强盛的时候，西方就倒霉了，而中国四分五裂衰弱的时候，西方就比较强大。汉朝时，卫青与霍去病打得匈奴无法在新疆立足，只好向西迁徙，一路上，其他民族打不过匈奴，也只好西迁，就这样像导线一样传递到罗马帝国，看似强大的罗马帝国抵挡不住外来民族的攻击，庞大的身躯轰然倒下。看来，即使在遥远的古代，世界历史其实也是浑然一体的，看似分离的某个地方的事件，说不定对另一个地方就有决定性的影响。

这时夕阳西下，我们在古城一角站成一排，阳光斜斜地照过来，投下我们长长的身影，很有诗情画意。

和田寻宝

和田的玉闻名天下。有什么白玉、羊脂玉、墨玉等，可惜我对玉没有一点儿研究，也丝毫没有兴趣。倒是老单兴趣大得很，硬是拖着我们大家一块去挖玉。老单不知从哪里整了一把锄头，经附近的村民指点，我们来到一条大河边。河床很宽，水流却很窄。不知经过几百年的挖掘了，到处都很凌乱，破坏得非常严重。河水很冷，老张说这水是从对面昆仑山上的雪水流下来的。我们在水中嘻嘻哈哈地追逐玩耍，只有老单在那里一本正经地找玉。我们在那里玩了近两个小时才尽兴而归。在车上，老单扬扬得意地给我们展示他找到的几块所谓的玉，但说老实话，这种玉连我都看不上。

老单是我的领导，性格很柔和，很体谅人，比较照顾他人的感受，让人愿意和他交往。他对我很好，很关照我，我来到这家公司就是因为他很赏识我，让我在众多竞争者中脱颖而出，做到了部门经理的位置，我的人生因他而改变。他调回总部了，现在已经好久没见过面，我们在一起共事三年，非常愉快，真希望他继续当我的领导。

维吾尔族小伙子的爱情

我们的最后一站是喀什，这是一座极具异域风情的城市。听人说，"来新疆，如果不到喀什，就算没来过新疆。"这里的汉族人特别少，绝大多数都是维吾尔族人。

导游是一个维吾尔族的小伙子，胖胖的，看起来很亲善，也很健谈，普通话说得比我还好。他给我们讲了一些他做导游的趣事，其中最有趣的莫过于他和他的女朋友的故事。他的女朋友是一个法国姑娘，跟团来喀什旅游，正好他做她们团的导游，看到这个姑娘很漂亮，两个人也聊得来，很有共同语言，就对她展开了猛烈的追求，姑娘抵挡不住他的爱情攻势，于是两人就好上了，姑娘几次专门从法国飞到喀什和情郎幽会，快要谈婚论嫁了，姑娘为了他也皈依了伊斯兰教。他说她下个月就要和她的父亲一起来中国，准老丈人要亲自来把把关，看看这个未来的女婿到底怎么样，他很紧张也很期待，他说这些的时候，洋溢着一脸幸福。我们都听得津津有味。人的一生是多么偶然啊！有时候一件小事不经意就改变了一生。

喀什有一个清真寺，叫艾提塔尔清真寺，可以容纳好几万人。导游带我们参观了这座清真寺，规模很宏大，里面干净整洁，林木茂盛，鲜花盛开。几万人在这里同时做祷告，动作整齐划一，场面十分壮观。人的信仰真是一件奇妙的事，为了信仰，很多人都勇往直前，甚至失去生命也在所不惜，可惜我什么也不信，哎！真是悲哀。

参观完清真寺后，我们在喀什街上闲逛，一路的异域风情让人感到新鲜有趣。我买了一顶维吾尔族人戴的小帽子戴在头上，看起来很滑稽，也很有趣。有一条街专门卖新疆的乐器，我逛得津津有味。一些乐器看起来很简陋，却能发出十分动听的声音，让人意想不到，不得不佩服匠人们的心灵手巧。在一家店里，我也装模作样地抱着冬不拉弹奏，并且和店主人合了一个影，其实我什么乐器也不会。

欢乐的时光总是那么短暂，七天时间很快就过去了。其间我们横穿了整个南疆，一路领略了旖旎的风光和不一样的民族风情，使我对新疆的印象彻底改观，很多地方比我们内地还要美，还要有味道，不信你也去看一看。

九黄记

有时候外省的朋友会问我：四川有哪些好玩的地方呀？我都会滔滔不绝地吹嘘起来，什么都江堰、青城山、乐山大佛、峨眉山……当然吹得最厉害的还是九寨沟和黄龙，好像自己对九寨沟和黄龙熟得很，自己家就住在九寨沟旁边似的，但在口若悬河的同时也不禁有点儿脸红和心虚，因为九寨沟和黄龙我还从来没有去过，自己的高谈阔论也是听去过的人说的。不过，在羞愧之余，我也悄悄许下了一个愿望，希望自己有朝一日也能去看一看，看看她究竟有多美。

今年的深秋，我利用几天珍贵的年假，来到了这个多年梦寐以求的地方。采取了跟团的方式，行程四天，尽管不自由，但较为省心，不用操心饮食、住宿、交通、门票等烦琐的问题。

九寨沟的月亮和星星

第一天的行程基本都是在路上，途中经过了汶川大地震遗址和美丽的羌族村寨，大地震产生的破坏力让人触目惊心，让山河改变了模样，人在大自然面前是多么渺小啊！羌族村寨都是汶川地震后重建的，错错落落，像一栋栋别墅。羌族的建筑很有特点，每栋房屋的上半部分都是褐色的，顶角都有羊角形的花纹，周围很多地方都是用石头砌起来的，有一种天然美。许多家的屋顶都插了一面国旗，听导游说，那是灾区的人们对国家帮助他们重建家园发自内心的感谢。

晚上我们住在离九寨沟十多公里的一家宾馆。第二天一早，人山人海，抢过早饭，那场景真是蔚为壮观。走出餐厅，天还没有亮，我抬头仰望，一轮明月高悬在天空，那么晶莹剔透，好像镶嵌在蔚蓝的天空上的一块玉盘。天空一丝云彩也没有，满天都是明亮闪烁的星星，一颗一颗，那么大，那么亮。我心头一震，多么明亮的月亮和星星呀！我一辈子都没有见过！它们仿佛离我们那么近，一伸手就可以摘下一颗来。这种清澈透顶的感觉，也只有在九寨沟这种高原上才能看得到吧？不知不觉让人产生一种遐想，地球也是悬挂在无边无际的空中，是那么的渺小，会不会有那么一天，地球不小心和其他天体相撞而毁灭呀？

童话世界

去九寨沟之前，我特意查了九寨沟的天气，预报说今天有雨。可今天天气出奇的好，蔚蓝的天空中飘着几朵白云，白得一尘不染，像一朵朵棉花，阳光明媚，洒在人的身上，让人感到懒洋洋的，空气十分清新，沁人心脾，偶尔还听到几声鸟儿清脆的歌声，让人心情真不错。

下了车，步行了十多分钟，才来到九寨沟的大门口，好多人啊！密密麻麻，铺天盖地，是因为九寨沟的景色好吗，还是由于中国的人口多呢？听导游说，现在的人数还不到国庆节人数的一半呢！

九寨沟因九个藏族村寨而得名，形状呈"丫"字形，许许多多绝妙的景观就散落在"丫"字形的三条沟上。我有时傻傻地想："里面的藏族群众进出九寨沟应该不会要门票吧？门票可贵了，说不定他们还会在里面开农家乐赚钱哩！"

我们在"丫"字形的右上顶端的原始森林下车，自上而下开始游览。

迫不及待地赶车来到箭竹海，沿着干净整洁的栈道一路前行，首先映入眼帘的是一条蜿蜒的小河，我一下子就被震住了。我来之前可是做足了功课，看了一部碟子和一本画册，但是当我身临其境的时候，还是震惊了，无论你做怎样的功课，与实际的景色都差距巨大。沿着干净整洁的木质小路前行，一路满是闪闪的红叶，身旁潺潺的流水，清澈见底，像流动的宝石，穿过黄澄澄的芦苇，水中碧绿的水藻在轻轻摆动，多美啊！世上居然有如此瑰丽的风光，老天爷为什么独独青睐这里呢？九寨沟真是名不虚传啊！

一路心情激动地看过箭竹海、熊猫海、熊猫海瀑布，每一个都让我叹为观止。还有比她们更美的海子吗？我轻声地问自己，然后就来到了五花海。

这是怎样的景致啊！深蓝的天空和苍翠的山峰映在湖中，一条蓝色的缎带横穿过整个湖面，湖水清澈见底，就像一面镜子。阳光洒在湖面上，闪着点点金光，鱼儿在水中自由自在地游动。整个湖就像一块硕大的、蓝色的玉，镶嵌在青山绿水中。坐在湖边，静静地看着远方，温暖的阳光轻轻地抚摸着我，无边的秋色紧紧地拥着我，我仿佛就要融化在这五彩斑斓的海子中了。一个人欣赏如此美景而无人分享真让人有些难受。周围是熙熙攘攘的人群，有稳重的老者，有嬉戏的儿童，有形影不离的情侣；有拍景色的，有拍婚纱照的，也有和我一般静静欣赏的，他们的脸上有一种共同的表情——幸福。

我被这无与伦比的风景深深地折服了。

已经中午了，去诺日朗中心抢过午餐，人多得只好站着吃，而且饮食差得和这世界级的风光极不相称，但我已经饿得管不了这么多了。草草地吃过饭，稍微休息了一下，便开始了下午的行程。"丫"字形的左上方景色有些令人失望，长海本来还不错，但进不去，只能远远眺望。唯一感觉好的就是山顶上的风，柔柔的，让人感到十分清爽。

开始"丫"字形下方的游览已经是下午两点半了。沿着湖两旁有两条栈道，一条靠近公路，与公路平行，另一条在湖的对面与公路平行，我随机选择了后者，没想到歪打正着选对了，这条路人很少，有时候长长的一段路居然见不到一个人，真让人惊喜。我喜欢安静，尤其在欣赏美景的时候。这一部分的景色也美得让人叹为观止，景点多得让人有点儿记不住它们的名字。秋日下午温暖的阳光，透过疏落的树枝，照射过来，映在湖面上，闪闪的，映在路上，留下黄色的、斑驳的影子，映在游人喜悦的脸上，也映在我的身上和心上，这时候我的心情无比的平静，没有了刚开始的激动和兴奋，我的身心早已和蓝天、白云、阳光、湖水、红叶融为一体了。站在湖边，透过疏落的树枝看湖面，情不自禁地想起林和靖的一首诗来："疏影横斜水清浅，暗香浮动月黄昏"，套在这里，有几分相似。

已经快五点了，还有几个地方来不及游览了，留下了一些遗憾，导游要求我们五点在大门集合。记住她们的名字：镜湖、珍珠滩、盆景滩、芦苇海，对不起，我一定会回来看你们的。

晚上我们看了一台藏族风情的晚会，讲述的是一个真实的藏族老奶奶的故事。老奶奶是一个忠实的藏传佛教信徒，她带着一只小羊羔，从九寨沟出发，三步一拜，去拉萨朝圣。一路上经历了各种艰难险阻，也见到了各种民族风情和迤逦的风光。整整三年，在快到拉萨的时候，遇到了暴风雪，老奶奶冻死在朝圣的路上，但她的灵魂却微笑着上了天堂。我很感动，有信仰真是一件让人幸福的事，哪怕是为了信仰死去！

人间瑶池

第二天一大早，我们从九寨沟县城出发，翻过一座皑皑的雪山，一路上看到有的车专门停下来欣赏雪景，一些人在雪地里嬉戏、留影。我不禁担心起来，黄龙也下雪了吗？那些钙化池会结冰吗？如果什么都冻住了，那还有什么看头？黄龙的海拔很高，中途服用了几支红景天以防高原反应。到了黄龙，真的下雪了，不过不是很大，我对黄龙的景观已经不抱太大的希望了，即使天气好得跟昨天在九寨沟一样，它也只是游客们游览九寨沟之后顺便来看看的。

坐了很陡的一段索道，走了很长很长一段栈道，除了古木参天，看不到什么景致。树上的雪却不时地掉下来，打在人的头上，防不胜防。突然脖子一凉，一坨雪正好掉在我的脖子里，让我又好气又好笑。

终于到了黄龙寺和五彩池，已经感到筋疲力尽。休息了一会儿，继续前行，先游览了一下黄龙寺，很小的一座寺庙，但很精致，供奉的是黄龙真人。我不信佛，但很喜欢逛寺庙，那里面一般都很干净整洁，让人感到内心很宁静。继续前行，沿着栈道远远地看见几坛清水，看起来还不错，赶紧走过去。水淡蓝淡蓝的，呈阶梯状，站在高处，放眼望去，五彩池和不远处的黄龙寺相得益彰，加上到处散落的点点白雪，好一幅浓墨重彩的山水画！

从山上往下走，好长一段路看不到水，倒是一路的红叶让人流连。黄龙的红叶明显比九寨沟的红叶漂亮，可能是黄龙的海拔比九寨沟高，所以叶子更红的缘故吧。但就凭前面那几坛清水就能戴上世界自然遗产的桂冠吗？哎！黄龙也真是浪得虚名了。突然，路的右边又出现了几潭水，潭中生长着低矮的树木，点缀着潭水，别有一番风味。景色还不错，我一下长了精神。也许前面还有吧？慢慢地，一幅幅瑰丽的景色出现在我眼前，每走过几十米，就看见几潭清水，时而小小的几潭，时而连成一片，湛蓝湛蓝的，旁边点缀着红叶，偶尔加上一座供游客休息的亭子，里面坐着几个休息的游人，就像一幅幅美妙绝伦的山水画！右脚开始酸痛，有点儿走不动了，希望快到山门口吧，哎！再看最后一潭水吧，就在这种矛盾的心情中，一潭一潭的清水，一块一块碧绿的玉，如幻灯般一幕幕展现在我的眼前。黄龙，我用什么样的语言来形容你的美呢？就像一座美丽的大园林吧。我曾在北京见过皇家园林颐和园，但它怎么能赶上你的美呢？黄龙，对不起，我真诚地向你道歉，你一点儿也不输于九寨沟，真的。

突然，照相机显示内存卡的空间用完了！在这当头，真是一个悲剧啊！我的相机可是有 4G 内存，能够拍上千张的照片哩！真是令人沮丧，只好忍痛割爱，删除了一些前面自认为不佳的照片。回来之后整理九寨黄龙的照片，真是可以用惨不忍睹来形容。让自己无比感动的风景竟然被自己照成这副模样。也许许多人都有这样的体会吧！无论你相机有多好，技术有多高，照出来的照片还是赶不上身临其境的万一。

待我到达山门口的时候，已经比导游要求的时间晚了半个小时，所有的团友都在车上等着我了，我微笑着向他们道了声抱歉。感谢我们年轻的导游，他无意中带领我们从山上往下游览，让我们的心情经历从无比的失落到一步一步地惊喜，这种方式比自下而上的游览更让人印象深刻。

这次，我在最好的季节，最好的天气，看到了九寨沟与黄龙最美的景致，正好印证了那句名言："黄山归来不看山，九寨归来不看水。"这绝对是我见过的最美的风景，没有之一，比黄山、西湖还要美。美到极处，不禁有点儿失落，今后再到哪里才能看得到如此美丽的风景呢！尽管有许多不尽如人意的地方：人多、吃饭差、住宿差，还有几次购物，加上同宿舍的上海兄弟的鼾声。但欣赏了九寨沟与黄龙无与伦比的美景，所有的委屈都可以忍耐和忽略。九寨沟、黄龙，我发誓，今生我一定会再来，到时，我不会再带照相机或者摄像机，我就在你们中间轻轻地走着，看着，静静地感受着，然后悄悄地离开。

桂林山水

小学的时候，学过一篇课文，名字和作者都记不清了，但里面有一句："桂林山水甲天下"，让我印象非常深刻，不知道这天下第一的美景到底美成什么样子，好想去看一看呀！

火车呼呼地向前飞驰，驶向这次旅游的目的地——桂林。自从去过黄山和九寨沟后，我对游山玩水的兴趣大增，这些去过的地方，真的就像仙境一样啊！桂林号称天下第一美景，难道比黄山和九寨沟还美吗？是不是浪得虚名呢？一路上我都充满了期待，真希望这一次又能看到让自己心动的美景。

象鼻山

去桂林，象鼻山是一定要去的，那是桂林的标志，好像如果你没有去过象鼻山，就没有到过桂林似的。但比较遗憾的是，离我心中的象鼻山还是有些差距，感觉比较荒凉和凌乱，对不起它这么大的名气，可能是由于九月是旱季，水比较少的缘故吧，听当地的人说漓江上游正在蓄水，要等国庆节水才会大起来。人很少，这一点儿倒好，我最害怕人挤人的感觉，那完全体会不到旅游的乐趣。登上象鼻山顶，很有成就感，极目远眺，整个桂林市的美景尽收眼底。

接下来又参观了七星公园和小漓江，景色都还不错，但没有惊喜，倒是七星公园里的一座寺庙，给我留下了深刻的印象。在一个小院子里，我看见一个十分胖大的和尚，坐在一张长椅子上打盹，手中还拿着一把扫帚。庭院中很安静，就我和他，旁边开着几株不知名的鲜花，秋天的阳光照在他的身上，十分慵懒的样子。我不禁十分羡慕起他来，他的生活是那么的恬淡和舒缓，而我的生活却是那么的紧张和匆忙，真希望有一天也能过上这种缓慢松弛的生活。

第一天就这么平淡地过去了，有一点儿小小的失望，可能是自己的期望太高了，那就权当来这里放松一下心情吧！或许明天就会看到让我心动的景色。

烟雨漓江

第二天就要去漓江了，没想到在等船的时候遇到一个漂亮的成都姑娘，眼睛大大的，皮肤白白的，名叫小颜，我们高兴地结伴同行，生平第一次和一个青年女子一起旅游，既兴奋又紧张，还有那么一点期待。和我们同行的还有几个外国人，年轻导游流利的英语羡煞了我。我也在学英语，我学英语的目的很单纯，就是有朝一日能自由地去国外旅游，去看那些世上最美的风景。我的要求也不高，就是在国外能和外国人基本自由地交流，那就够了。

我终于见到漓江了，尽管早有心理准备，但还是被她的美震撼了。可惜天公不作美，两天来一直下着淅淅沥沥的小雨，外面能见度不高，但这样又是另一番景致，晴日下的漓江是一种美，烟雨朦胧下的漓江又是另一种美。站在船头，眺望远方，任凭雨水打着我的脸，两岸是青翠欲滴的山峰，眼前是清澈透明的河水，青山绿水中，几只白色的水鸟在空中自由地飞翔，岸边绿油油的草地上，几头水牛正悠闲地吃草，此情此景，我们好像在水墨山水画中穿行。船行过著名的九马画山，导游叫我们快看，并且数一数，看能数出几匹马来，说来惭愧，我居然连一匹马也没有看出来，船就过了；又路过一处极美的山水，导游说："这里就是新版二十元人民币上的图画了。"船上的人纷纷掏出二十元的纸币，一对，真的是一样的哩！能作为人民币图案的，自然是中国最美的风光；在兴坪古镇一带，船舱里的人都上来了，在这里，烟雨朦胧中，漓江的美达到了极致！几年前，在领略过童话般的九寨沟美景和烟雾缭绕的黄山仙境后，我不禁感叹今生可能再也见不到如她们一般美丽的风景了，现在我又见到了，正是漓江啊！

地球村

到阳朔，就一定要逛西街，逛西街就一定要去酒吧，都说去酒吧是年轻人的事，我还不算太老。地球村是一个酒吧，不大，但经过和其他酒吧比较，我选择了这里，只因从里面飘出来的动人的歌声。主唱是一个不到三十岁的年轻人，留着长发，有点儿像歌手汪峰。"对你的爱是一点又一点，孤单的我还是没有改变"，略带沙哑的嗓音，一句一句唱到了我们的心里。

地球村里比较有意思的是有许多心情记录本，都是来这里的客人们写的，有希望和自己爱人重聚的，有渴望得到自己相思已久的爱人的，有希望自己事业有成的，有暂时逃避到这里，但希望自己能重新振作起来的，甚至还有诅咒别人的，五花八门，应有尽有。这些留言有个共同的特点，就是真实和直白，来这里的人明天就要走了，今生可能不会再来到这个地方，没有必要再虚假和隐晦。

我们旁边坐着一个二十多岁的单身女郎，挺漂亮的，留着披肩长发，穿着时髦，叼着烟，独自喝着啤酒，神情落寞哀伤。她失恋了吗？她寂寞吗？她一定需要人安慰吧？但我们都没有去安慰她的勇气。闪烁的灯光，醉人的音乐，冰凉的啤酒，还有撩人的钢管舞女郎，一切都让人意乱情迷，心情荡漾。

世外桃源

我头天晚上才决定最后一天的行程，听酒店的老板说中央电视台播放的李冰冰和任泉拍的广告就是在世外桃源拍的，我恍然大悟，哦！原来是在这里。画面拍得十分唯美，我非常喜欢，那就去现场看一看好了。这座山庄的名字取自陶渊明的名篇《桃花源记》。陶渊明是我最喜欢和最尊敬的中国古代文人之一，我在院落的一角看到了他的塑像。

我们的船绕行整个山庄一圈，景色果然十分宜人，真的有点儿"世外桃源"的感觉。比较有特点的是里面的民族风情表演，敲锣打鼓，唱歌跳舞，尽管看得不太懂，但他们的快乐我却是体会得到的。其中生活在里面的原住民很有意思，姑娘以黑为美，听导游说，临水的一间楼阁里，住了她们这里最美的姑娘，我想，这位姑娘一定黑得彻底吧。我打趣地对导游说："非洲的黑人妞到这里，个个都是美若天仙了！"说得一船的人哄堂大笑。但当我们见到她的时候，觉得她并不黑，模样端庄，身材也很好，她正在翩翩起舞，欢迎我们这些远道而来的客人。船绕行一周花了二十多分钟，我坐在船头，视野开阔，风从我耳旁呼呼吹过，一路的风景让我赏心悦目，心旷神怡，美中不足的是我们前面一二十米处始终有一艘和我们一样的游船，挥之不去，留下了一点儿小小的遗憾。

遇龙河

开始我是想赶车去遇龙河的，小颜坚持骑自行车去，感谢她无比英明的决定，我们两个出了城，骑行在乡村的小道上，旁边就是绿油油的稻田，空气十分清新，沁人心脾，两旁是一座座拔地而起的小山，偶尔出现一个小村庄，就像骑行在画中一样。我们在路上你追我赶，一路欢歌笑语，多么快乐啊！偶尔遇见一两个和我们一般骑行的外国人，性格安静的我也放肆地大声喊"Hello！"小颜说，只有曾经在农村待过的人，才更能体会这种风景，我深以为是，我从六岁到十七岁就一直生活在一个小镇上，那种风光早已深入了我的骨髓。多少年没有骑着自行车穿行在这么美丽的乡村小道上了！让人有一种久违了的感觉，但家乡哪有这么美丽的山水呢？

刚到码头，就有几个太婆推销水枪和塑料袋之类，一直跟着我们，熬不过她们，只好买了一把水枪。刚上竹筏，我就被眼前的景色惊呆了，放眼望去，清清的河水，清澈见底，鱼儿在水中自由地游弋，河水中漂浮着柔柔的水藻，河两旁是广阔的田野风光，往远处就是那一座座拔地而起的桂林特有的山了。什么叫山清水秀？什么叫风景如画？我想再没有比用在这里更贴切了。坐在竹筏上，感觉自己和桂林山水是如此的贴近。脱掉鞋，把脚浸在水中，好清凉的水呀！

不久遇到了在河中卖酒水和瓜果的小贩，我觉得艄公挺辛苦的，就专门给他买了一瓶啤酒，我们和艄公在竹筏上有一句没一句的聊天，艄公是一个二十六岁的年轻人，却已经是一对两岁双胞胎的父亲了，在这条河上已经干了整整六年。生意好的时候可以挣四五千元钱，像现在这样的淡季，只能挣两三千元钱，大部分都被老板拿走了。不知是我的慷慨起了作用，还是他本身就这么热情，一路上他给我们讲解得特别仔细。桂林的山也真有意思，连绵的群山在这里是错误的，它们绝大部分都是一座座从平地上拔地而起的小山，不高但很突兀，形状千奇百怪，有的像猴子，有的像老虎，有的像猪，有的像骆驼。我们依着他的描述望去，还真像。在河中我们看见有现场烤鱼卖的小贩，我一下子来了劲，因为我记起了有一年我去新疆，在博斯腾湖边吃烤鱼的情境，我想重温当年的旧梦。鱼上来了，就是这条河里原生态的鱼，烤得异常鲜美，很合我们的口味，一条近两斤的鱼，吃得只剩下骨架。我们在遇龙河上足足荡了两个小时，一路的美景把我们团团裹着，我们仿佛就要融化在这青山绿水中了。

说老实话，我是在西街的旅馆临时决定去遇龙河的，因为我只是觉得坐在竹筏上在河中荡漾应该很有意思，就像我以前在公园中划小木船一样，对景色并没有太大的奢望，难道它的景色还能好过漓江吗？真的，它的景色好过了漓江，至少我个人是这么认为的，这真是一个意外之喜。

这次，我有幸既欣赏到了烟雨朦胧的漓江，又欣赏到晴日下如画的遇龙河，还偶遇了一个漂亮的姑娘，我们结伴同行，别有一番滋味，真是老天开眼，对我如此眷顾，她们无疑是这次桂林之行的精华。也得到了一个结论，桂林的风光，完全可以和黄山、九寨沟相提并论。它成名时间很早，看来绝不是浪得虚名，不过我有一点儿奇怪，如此美丽的她居然到现在还没有进入世界自然遗产目录，是那些评委觉得在这个星球上这种档次的风景太多了，他们司空见惯了吗？若真是这样，那对于我这种喜欢游山玩水的人来说，真是一种福气。